# शर्मिष्ठा

# शर्मिष्ठा

## कुरु वंश की आदि विद्रोहिणी

अणुशक्ति सिंह

वाणी प्रकाशन

**वाणी प्रकाशन**

*4695, 21-ए, दरियागंज, नयी दिल्ली 110 002*

फ़ोन : +91 11 23273167 फ़ैक्स : +91 11 23275710

**शाखाएँ**

*अशोक राजपथ, पटना 800 004, बिहार*

*कॉफ़ी हाउस कैम्पस, महात्मा गांधी मार्ग, इलाहाबाद 211 001, उत्तर प्रदेश*

*महात्मा गांधी अन्तरराष्ट्रीय हिन्दी विश्वविद्यालय, वर्धा 442 001, महाराष्ट्र*

*सुल्तानिया रोड, मोतिया पार्क, भोपाल 462 001, मध्य प्रदेश*

www.vaniprakashan.com
marketing@vaniprakashan.in
sales@vaniprakashan.in

SHARMISHTHA
*by* Anushakti Singh

ISBN : 978-93-89563-44-3
Novel



प्रथम संस्करण 2020

मूल्य : ₹ 299



*• जयंत प्रिंटरी, एलएलपी, मुम्बई-02 में मुद्रित •*

*वाणी प्रकाशन का लोगो मक़बूल फ़िदा हुसेन की कूची से*

*पिता के लिए जिन्होंने ज़िन्दगी की डोर थमायी।*
*सपनों को परवाज़ दिये।*
*गुरु प्रभात रंजन के लिए,*
*जिन्होंने न सिर्फ़ इस मिट्टी के लोंधे को एक रूप दिया,*
*अजनबी शहर में अपनत्व का निर्लोभ आँगन भी।*

**—अणुशक्ति सिंह**

# धन्यवाद !

शर्मिष्ठा को, उन्होंने अपनी कहानी सुनाने के लिए मुझे चुना...

उस क़िस्सागो को जिसने पहली बार शर्मिष्ठा की कहानी सुनाई थी कि अबोधपने में भी उनके क़िस्से की नायिका साथ चली आयी थी...

गौतम राजऋषि को, उनका होना था, प्रेरणा थी कि शर्मिष्ठा लिखी गयी...

वाणी प्रकाशन को, शर्मिष्ठा पर विश्वास करने के लिए, मुझ पर विश्वास करने के लिए...

मनीषा दी को उनके प्रेम के लिए...

हर उस शख़्स को जिसने कभी भी मेरे लिखे में भरोसा जताया...

उनको जो इसे पढ़ रहे हैं...

माँ, पिता, भाई, भावज और गुरु जो मेरुदण्ड हैं, धन्यवाद की हर सीमा से परे...

त्रयाक्ष अर्थात् मेरी ऊर्जा!

हस्तिनापुर में आज रंग है... सबसे छोटे राजकुमार पुरु का राज्याभिषेक होने जा रहा है। चारों ओर मंगलगान गाये जा रहे हैं। सुनने में आ रहा है कि महारानी देवयानी ने भी शुभ सन्देश भिजवाया है। महाराज ययाति अपने बाक़ी तीन पुत्रों को अगले महाराज पुरु के साथ सदैव बने रहने के लिए उचित सलाह दे रहे हैं।

आहा! क्या परिदृश्य है। सबके चेहरे पर स्निग्धता। सबके होंठों पर मनहर मुस्कान। हस्तिनापुर अपने सबसे वीभत्स स्वप्न से अभी–अभी जागा है और सब प्रसन्न हैं कि यह वीभत्सता केवल स्वप्न थी।

इससे सुन्दर उत्सव का मौक़ा क्या होगा। क्यों न राजप्रासाद मंगलाचार से गूँज उठे...

एक क्षण... इन उत्सवी चेहरों में महारानी शर्मिष्ठा क्यों नहीं नज़र आ रहीं?

आज का रंग उनके ही तो नाम है। राजमाता शर्मिष्ठा... होने वाले महाराज पुरु की माता 'शर्मिष्ठा'।

महाराज ययाति की...

'महाराज ययाति की... क्या हूँ मैं महाराज ययाति की? ब्याहता? हुह!'

हस्तिनापुर के राजप्रासाद को भली–भाँति जान लेना इतना आसान नहीं है। तीसेक साल व्यतीत कर देने के बाद भी अब भी

कई ऐसे कक्ष हैं जिनके बारे में हर कोई नहीं जानता। ऐसे ही एक कक्ष में शर्मिष्ठा बैठी हुई हैं। पीत आभा वाले वस्त्र पहने हुए। गहने उतरे हुए हैं। सिन्दूर कभी भाल पर शोभित ही नहीं हुआ। एक आध चाँदी की धारी लिए हुए घने मेघवर्णी केश अनगढ़ से जूड़े के रूप में कन्धे पर ढलके हुए हैं। शर्मिष्ठा सर झुकाए बैठी हैं। प्रिय सखी दिशा ड्योढ़ी पर खड़ी हुई प्रतीक्षा में है कि शर्मिष्ठा अब कुछ कहेंगी, तब कुछ कहेंगी... कितने प्रहर बीत गये होंगे अब तक।

'महारानी... युवराज पुरु और महाराज आपकी प्रतीक्षा में होंगे'

दिशा ने स्वयं पहल की...

'मुझे महारानी न कहो दिशा।'

'मगर महारानी...'

'फिर महारानी!' शर्मिष्ठा का स्वर थोड़ा तीक्ष्ण हो गया था।

'देवी शर्मिष्ठा... युवराज पुरु के राज्याभिषेक का मुहूर्त होने ही वाला है। आपकी उपस्थिति अनिवार्य है। महाराज और युवराज आपकी राह देख रहे होंगे।'

दिशा ने शर्मिष्ठा के स्वर की तीक्ष्णता को भाँपते हुए अपना सम्बोधन सुधार लिया। इससे पूर्व उसने इन स्वरों की कठोरता तब सुनी थी जब वन में वह लम्पट साधू न जाने कहाँ से शर्मिष्ठा की रसोई में घुस आया था और ताखे पर रखे वस्त्रों को सूँघ रहा था। शर्मिष्ठा के नेत्र जैसे जल रहे हों। उसने एक ही बार तो उस साधू से निकल जाने को कहा था, पर उन स्वरों में इतना गर्जन था कि दूर पहाड़ के हिम–शिखर में भी दरार निकल आयी होंगी।

'और चित्रलेखा? वह कहाँ है? उसे कहाँ स्थान दिया है तुम्हारे महाराज और युवराज ने?'

शर्मिष्ठा ने चेहरा ऊपर उठाया। स्वर भले ही तीक्ष्ण हो, नेत्र जल नहीं रहे थे, वरन् जल–मग्न थे, जैसे सालों की पीड़ा ने द्रव रूप में आँखों में प्रविष्ट करने का प्रयास किया हो।

'देवी, स्वर्गीय राजकुमारी का अस्थि–कलश कल ही गंगा में विसर्जित कर आये युवराज। उनकी अन्त्येष्टि की सारी विधि सम्पन्न हो चुकी है। पुरोहितों से मन्त्रणा कर ली गयी है। अब कोई भी शुभ–कार्य किया जा सकता है।'

'पुरोहित... मन्त्रणा... जाने यह आडम्बर समाप्त कब होगा? देवयानी का कोई सन्देश?'

'उन्होंने राजमाता के नाम शुभकामना सन्देश भिजवाया है।'

'राजमाता...'

शर्मिष्ठा ने दुहराया।

'दिशा मैं चित्रलेखा की माता नहीं बन पायी। पुरु की इस माँ ने चित्रलेखा की माँ को धोखा दिया है।'

'तुम जानती हो न कि कितनी प्रिय थी वह लड़की मुझे। पुरु की पहली मित्र...'

# विगत

हिमालय की तलछट में विस्तृत इस वन में अभी–अभी तो डेरा जमाया था। साथ दुधमुँहा पुरु था। कितनी सघन काली रात थी जब यहाँ आना हुआ था। पल भर में योजन नाप लेने वाले घोड़ों को रथ में जोते हुए उत्तानपाद उसे और पुरु को इस ओर ले आया था। यहाँ से कहीं दूर हस्तिनापुर के विशाल साम्राज्य की सीमाएँ समाप्त होती हैं। उन सीमाओं के परे था यह विशाल जंगल। बड़े–बड़े हिंस्र पशुओं का विचरण–गाह। जड़ी–बूटियों की असीम गंगा। तमाम तरह के फूलों की उर्वर घाटी।

माँ बताया करतीं कि श्रीहर का गेह ऐसे ही किसी सुरम्य प्रदेश को पारकर मिलने वाले पर्वत की ऊँचाइयों में है। आस–पास की सुन्दरता देखकर वह सोचने लग गयी, अवश्य ही यह प्रदेश शैलजा की गृहस्थी के मार्ग में है जिसे हिमराज ने अपनी पुत्री की सुगमता के लिए इतना सुन्दर बना रखा है।

रथ से उतारते हुए उत्तानपाद ने बताया था कि इस ओर कई विज्ञ ऋषि–मुनियों का भी वास है। कहीं यही वह प्रदेश तो नहीं जिसके बारे में सुनते ही पिता महाराज वृषपर्वा विकल हो उठते इस चाह में कि वह उनके अधिकार क्षेत्र में क्यों नहीं।

शर्मिष्ठा ने अनुमान लगाया। हस्तिनापुर से यह स्थान कम–से–कम चालीस–पचास योजन दूर तो होगा ही। महाराज ययाति क्या आखेट हेतु इस ओर आते थे?

आखेट... मस्तिष्क के भी तार बिल्कुल सितार से होते हैं। एक छेड़ो और बाक़ी सारे झनझना उठते हैं। न चाहते हुए भी वह धुन बज उठती है जो प्रिय नहीं।

वह आखेट पर जाने वाला एक दिन ही तो था। महाराज ययाति ने वन–विहार का यह कार्यक्रम जाने कब से तय कर रखा था। इस बार वह महारानी देवयानी को भी साथ ले जाना चाह रहे थे।

उस दिन वह घूँघट काढ़े देवयानी को चँवर झल रही थी कि परिचारिका अचानक प्रकट हुई। 'महारानी, महाराज आपसे मिलने आ रहे हैं।'

'कब? अभी?'

'जी महारानी... महाराज राज–सभा से प्रस्थान कर चुके हैं। किसी भी क्षण यहाँ पहुँचने वाले होंगे।'

'यह ययाति भी न... जाने क्यों पूर्व–सन्देश भिजवाते हुए उन्हें कष्ट होता है? मना कर दो उन्हें कि न आयें अभी। मेरा स्वास्थ्य ठीक नहीं।'

'क्या हुआ आपके स्वा स्थ्य को धर्म–पत्नी जी? किस पर कुपित हो रही हैं? आपका आदेश हो तो हस्तिनापुर साम्राज्य के वैद्यराज अभी आपकी सेवा में उपस्थित हो जायेंगे।'

देवयानी की बात सम्पन्न होते–होते महाराज ययाति अन्तःपुर में पधार चुके थे। अपनी बात कहते हुए उन्होंने देवयानी का आलिंगन लेने की कोशिश की थी।

'महाराज, आप न... हमेशा हँसी सूझती है आपको। तनिक भी नहीं देखते कि दासियाँ भी हैं, जाने कौन मुझसे कितनी डाह करती हो।' महाराज को झिड़कते हुए उसने शर्मिष्ठा की ओर व्यंग्यपूर्ण मुस्कान फेंकते हुए अपनी बात कही थी।

महाराज ययाति की धर्मपत्नी महारानी देवयानी का व्यंग्य सुनकर

वह सिटपिटाई हुई–सी बाहर निकल गयी थी। निकलते हुए उसने घूँघट के झीने ओट से महाराज को देखा था।

'क्या बालकों सा भोलापन है मुख पर। क्या कोई कहेगा, यही वह महापराक्रमी वीर ययाति हैं जिनकी वीरता की गाथा सुनकर महाराज वृषपर्वा ने मन–ही–मन उन्हें अपना दामाद मान लिया था।'

कितने प्रसन्न नज़र आ रहे थे माता अविघ्ना से विमर्श करते हुए। शर्मिष्ठा के योग्य वर ढूँढ़ लिया है मैंने। महात्रृषि शुक्राचार्य के लौटते ही हस्तिनापुर सन्देश भिजवाऊँगा...

'सन्देश क्यों भिजवाना महाराज?'

'हम स्वयं चलेंगे। महाराज ययाति की माताश्री बड़ी स्नेहशील हैं। शचि की सखी हैं। मुझसे भी प्रेम का नाता है।'

स्मृतियाँ पूर्व जन्म की बैरन होती हैं। माँ–पिता के मध्य का युगों पुराना वह संवाद इसी स्मृति के सहारे कैसे तरल होकर बह निकला था उन नेत्रों से जिनके झपकने भर से दिन और रात के बीच विभेद खिंच जाता था।

'उई माँ...'

पाँव पकड़कर वहीं बैठ गयी थी शर्मिष्ठा। महारानी के कक्ष के बाहर यह नुकीला पत्थर किसने रख छोड़ा है? पत्थर कुछ इस तरह रखा गया था कि उसकी तीखी नोक एकदम ऊपर थी। अपनी स्मृतियों में मग्न शर्मिष्ठा को क़तई भान नहीं था कि इस मार्ग पर कोई नुकीला प्रस्तर भी हो सकता है। लापरवाही में पैर ठीक नोक पर पड़ा था और पत्थर नाजुक तलुओं को छील गया था।

दर्द आँखों में छलक आया था। पिताजी महाराज का महल याद हो आया। उसके पाँवों में निशान न पड़े इस हेतु पिता महाराज ने कितनी तरह की पादुकाएँ बनवाई थीं उसके लिए। एक से एक मुलायम। किसी में काष्ठ के साथ रेशम तो कोई धवल देवदार पर कारीगरी से लपेटे हुए मुलायम चर्म पर स्वर्ण जड़ित... कितनी ओछी है यह देवयानी कि जानते हुए भी कि बिना पादुकाओं के शर्मिष्ठा गज भर भी न चली है, उसने अपने कक्ष में शर्मिष्ठा की पादुकाओं

सहित प्रवेश पर वर्जना लगा रखी थी। जंगल–जंगल फिरने वाली इस ऋषि कन्या के पैर क्या जानें कोमलता किस वस्तु का नाम है... मानसिक त्रास और शारीरिक दुःख के विलय का वह पल इतना कठोर था कि वह अपनी सारी ऊर्जा एकत्रित कर चीख़ पड़ना चाह रही थी। देवयानी को कठोरतम शब्दों से नहला देना चाहती थी। इस ऋषिपुत्री की यह धृष्ठता कि वह उसे इस तरह कष्ट दे।

उस पर वह उबल ही पड़ती अगर तब तक दो चौड़े कन्धे उसके पाँवों पर झुके दिख नहीं जाते। चीख़ सुनते ही ययाति उसकी ओर दौड़े थे।

'यहाँ यह नुकीला पत्थर किसने रखा। यह अभी महारानी को चुभ जाता तो?'

महल उनकी गर्जना से दहल उठा था।

'अच्छा हुआ कि पाँव हलके पड़े थे नहीं तो घाव भीषण भी हो सकता था।'

उन्होंने शर्मिष्ठा के घायल पाँव को छूने का प्रयास करते हुए कहा था। शर्मिष्ठा ने लाजवश पैर खींच लिए थे। इतनी देर में देवयानी भी वहाँ पहुँच गयी थी।

'दासी, ध्यान कहाँ रहता है तुम्हारा? महलों में चलना आता नहीं है क्या? सँभलकर चला करो।'

'दासी!'

अब देवयानी उससे उसका नाम भी छीनना चाहती है। शर्मिष्ठा घृणा से भर उठी थी।

देवयानी ने ययाति को लगभग उठाते हुए कहा था,

'कहाँ आप दासी की पीड़ा देखने को चले गये थे। अभी वैद्यजी से औषधि मँगवा दी जायेगी।'

'देवयानी वह दासी मेरे राज्य में है। राजा के तौर पर मैं इस राज्य के सभी नागरिक के दुःख का भागीदार हूँ। वैसे वह कोई आम दासी नहीं थी न? मुझे ऐसा क्यों लग रहा है कि वह तुम्हारी बालसखी और महाराज वृषपर्वा की पुत्री राजकुमारी शर्मिष्ठा थी।'

'हाँ, वह दासी शर्मिष्ठा ही थी।'

'वह तुम्हारी बालसखी है देवी। तुम उसके साथ इतनी शुष्क कैसे हो सकती हो?'

'आप मेरी चिन्ता अधिक करते हैं या उसकी?'

'यह कैसा प्रश्न हुआ देवयानी? मैं तुम्हारा पति हूँ। अवश्य ही मुझे तुम्हारी चिन्ता अधिक होगी...'

'परन्तु महाराज आप जिस प्रकार दौड़कर उसके पास गये थे, उससे कुछ और ही दृष्टिगोचर हो रहा था।'

'तो क्या आप मुझ पर चरित्रहीनता का आरोप लगा रही हैं देवयानी?'

'राजा नहुष के पुत्र पर क्या आरोप, क्या प्रत्यारोप!'

कहकर मुस्कुराई थी देवयानी। वह मुस्कान किसी विष बुझे तीर की मानिन्द ययाति के हृदय में जाकर लगी थी।

'देवयानी!'

ययाति अपनी पूरी शक्ति से चीख़ उठे थे।

'महाराज नहुष, उसके पिता महाराज नहुष।'

कौन जानता था कि सोम वंश के सबसे सुदृढ़ स्तम्भ को ही कभी उसकी सबसे दुर्बल कड़ी के तौर पर प्रस्तुत कर दिया जायेगा।

'कितने दुःख झेले हैं माँ ने, मैंने... और अब यह देवयानी उन लगभग भर चुके घावों को फिर से कुरेद देना चाहती है।

अब भी माँ के सामने खड़े होने पर घबराता हूँ मैं। कहीं मेरा चेहरा देखकर उन्हें पिताजी महाराज की याद न आ जाये! कहीं मैं उन्हें अपने ज्येष्ठ पुत्र यति की याद न दिलाता होऊँ। क्या अपराध था मेरा? माँ का या बड़े भाई यति का? यही न कि माँ महान धर्मात्मा राजा नहुष की पत्नी थीं। मैं और ज्येष्ठ भाई यति उनके पुत्र...

क्या अपराध किया था पिताश्री ने? इन्द्र की पत्नी शचि से प्रेम कर बैठे थे?

स्वर्ग के अधिपति थे वह। इन्द्र अगर हस्तिनापुर को जीत लेते तो क्या मेरी माँ भी उनकी सम्पत्ति नहीं हो जातीं? अगर उन्हें मेरी माँ से प्रेम होता तो सब उचित था क्योंकि इन्द्रदेव हैं। देवाधिपति हैं।

घिन है मुझे इस विभेद से। सब सुविधाभोगी हैं। सुविधा के अनुसार न्यायप्रिय भी। कहाँ गयी थी देवगुरु बृहस्पति और पिता महाराज नहुष को श्राप देने वाले ऋषि अगस्त्य की न्यायप्रियता जब इन्द्र ने बलात अहिल्या को प्राप्त करने की चेष्टा की थी।

यह वही ऋषिगण और देव–समूह था न जो उस डरपोक इन्द्र के छिप जाने के बाद डाँवाँडोल होते इन्द्रासन को सँभालने के लिए पिता महाराज के पास याचक बनकर आया था।

'आयु को जीत लेने वाले धर्मात्मा नहुष अगर आप नहीं चलेंगे तो स्वर्ग को सँभालना कठिन हो जायेगा।'

हुह! देखा था मैंने। पिता महाराज ने तनिक भी इच्छा नहीं जताई थी देवों के उस राज्य को पाने की। उन्होंने सीधा मना कर दिया था।

मैं अपना प्रतिनिधि रख देता हूँ मित्र इन्द्र की सभा में। गाहे–बगाहे मैं भी राजकाज देख लिया करूँगा। मेरे लिए तो मेरी कर्मभूमि हस्तिनापुर है। मुझे इससे अधिक प्रिय कुछ भी नहीं।'

इन्द्र का वह वैभवशाली दरबार, जिस पर अधिकार करने स्वयं विष्णु आ पहुँचते अगर क्षीर सागर वाली शान्ति लेश मात्र भी इधर उपस्थित होती। श्रीहर कैलाश की उन्मुक्तता का मोह त्यागते तो अवश्य अमरावती नाम की इस नगरी से प्रेम कर उठते, फिर भी पिता महाराज अपने हस्तिनापुर से ही सन्तुष्ट थे।

इन्द्र मित्र हुआ करते थे उनके। कितना अन्तर था दोनों मित्रों में। पिता नहुष महापराक्रमी। स्त्रियों का सम्मान करने वाले एक पत्नीव्रत। भ्राता यति और उससे प्रेम जताने वाले निश्छल पिता। और इन्द्र!

शचि पत्नी थीं उनकी। शचि वह स्त्री जिसके सौन्दर्य को अपरिमित माना गया था फिर भी इन्द्र रम्भा, मेनका और उर्वशी के साथ विलास में व्यस्त रहते। कितना डर समाया हुआ था इन्द्र के मन में। कोई मानव हो या असुर, जैसे ही उसकी ख्याति बढ़ने लग जाती, इन्द्र डर जाते। जाने किसने उसे निष्कलुष देवों का राजा बना दिया था। कलंक तो वास्तव में इन्द्र का नामवर था। क्या था उसमें? न असुरों–सी वीरता, न मनुष्यों–सा बौद्धिक चातुर्य और व्यवहार कुशलता। डर और व्यसन पर जीने वाला एक शासक।

वृत्तासुर को मारने से पहले क्या उसे ज्ञात नहीं था कि वृत्तासुर ब्रह्मपुत्रों में से एक है? एक तो छद्‌म से उसकी हत्या की और फिर अपनी छद्‌मता के लाज से छुप गया। कायर कहीं का... उस मुसीबत

की घड़ी में पिता महाराज नहुष नहीं होते तो असुरों के हाथ में होती यह अमरावती।

हस्तिनापुर का सब माँ के ज़िम्मे छोड़कर गये थे पिता नहुष उस अमरावती नगरी में। शचि स्वयं आयी थीं मदद करने की पहल लेकर। कितने हर्षित हुए थे पिता। उस नगर में जहाँ की कोई रीत उन्हें मालूम नहीं, कोई राजकाज के महत्त्वपूर्ण कामों में मदद करने को स्वयं आगे आ जाये, इससे अच्छी बात क्या होगी।

लोग अब तक शचि को बस इन्द्र की सुन्दरी पत्नी के तौर पर जानते थे। पहली बार दुनिया को पता चला था कि शचि एक बेहद कुशल प्रशासक भी हैं। क्या नहीं जानतीं थीं शचि!

हर विभाग, हर मद की सम्पूर्ण जानकारी थी उन्हें... हर प्रदेश की जनता का ध्यान रखने वाली शचि। उनकी कार्य–कुशलता को देखकर पिता महाराज अक्सर हतप्रभ हो जाया करते।

लगभग पक्ष बीत जाने के बाद उस दिन हस्तिनापुर लौटे थे पिता महाराज। माँ बहुत प्रसन्न थीं। दोनों देर रात तक बात करते रहे थे। माँ–पिता महाराज की केवल पत्नी नहीं, अन्यतम मित्र भी थीं। तब वह इतना बड़ा नहीं हुआ था कि माँ उसे किसी और कक्ष में सुलाये किन्तु बातें अच्छे से समझ में आने लगी थीं उसे।

कितनी प्रशंसा कर रहे थे शचि की उस दिन पिता महाराज। माँ ने उस प्रशंसा पर आगे जोड़ते हुए कहा था

'मैं बहुत पहले से जानती हूँ शचि को। मैं ही जानती हूँ कि वह कितनी व्यथित होती है जब लोग उसकी समस्त उपलब्धियों को परे अनदेखा करके उसे बस सुन्दरी शचि के नाम से बुलाते हैं। ऐश्वर्य में डूबे रहने वाले इन्द्र क्या ध्यान रख लेते लोक का अगर शचि न होतीं तो। जैसे वे स्वयं, वैसे उनके दरबारी... और शचि, वह स्त्री जो सब कुछ का ध्यान रखती है। भला है कि गुरु बृहस्पति हैं उसके मार्गदर्शन को।'

माँ की बात सुनकर पिता महाराज ने उनके हाथों को अपने हाथ में लेते हुए कहा था।

'देवी आप इसका अन्य मन्तव्य नहीं निकालेंगी तो एक बात कहूँ?'

'कहिए महाराज'

'इन्द्र के अचानक विलुप्त हो जाने के कारण से अमरावती में काम का बोझ अत्यधिक बढ़ गया था। शचि की मदद से अब बहुत कुछ व्यवस्थित होने लगा है किन्तु इन सब में व्यस्तता बहुत बढ़ जाती है। दो दिन पहले गोधुलि के बाद मैंने उबकर खर्च मद की पुस्तिका बन्द कर दी तो शचि उठकर मेरे पास आ गयी थीं। उन्होंने शायद भाँप लिया था कि मुझे कुछ पलों के लिए विराम की आवश्यकता है। मैं अपने विश्रामालय की ओर बढ़ ही रहा था कि उन्होंने परिचारिका से सभागार वाला विश्रामालय खोल देने को कहा। हम दोनों वहीं बैठकर वार्तलाप करने लगे। जाने वह सोमरस का प्रभाव था या सालों की व्यथा, शचि कुछ देर के पश्चात् बेहद भावुक हो गयीं। अत्यधिक दुःख में हैं वह। उन्हें सम्भवतः इन्द्र का अप्सराओं के साथ रमण पसन्द नहीं आता पर वह कुछ भी कर पाने या कह पाने की अवस्था में नहीं हैं।'

पिता श्री की बातों को सुनकर माँ कुछ पलों के लिए चुप हो गयी थीं। मैं आँखें मूँदे हुए पिताजी को दिये जाने वाले उनके उत्तर की प्रतीक्षा करते हुए विचार–मग्न था। पृथ्वी का यह आम बालक अपने आप को अमरावती के सुरों के सापेक्ष बेहद सामर्थ्यवान और सुखी महसूस कर रहा था।

'आप अब जब भी शचि के साथ मन्त्रणा करें, ध्यान रखिएगा कि वहाँ आप दोनों के अतिरिक्त भी कोई हो।'

'देवी आप अपने प्रति मेरी निष्ठा पर शंका कर रही हैं?' माँ का उत्तर सुन पिता चौंक पड़े और सोने का अभिनय करके जगा हुआ मैं भी।

'नहीं महाराज! कोई शंका नहीं... बस मैं सुरों और उनके कार्य–कलाप को थोड़ी निकटता से जानती हूँ। वे किसी के नहीं हैं...'

कहते हुए माँ की आँखें छलछला आयी थीं। पिता अब भी हतप्रभ थे। मैं उठकर उनके नेत्र पोंछ देना चाहता था किन्तु फिर पकड़े जाने का डर था।

जाने क्यों पिता महाराज ने माँ की सलाह को परे रखा होगा? शचि की प्रतिभा से प्रभावित होने के बाद भी यह तय है कि उन्हें शचि से प्रेम नहीं था। फिर क्यों मिलने गये होंगे वह शचि से नितान्त एकान्त में? वह भी सप्तर्षियों से जुती पालकी पर?

मैं नहीं मानता कि इसमें कुछ भी सच है। यह सब छलावा है। उस इन्द्र के द्वारा बनाया गया मायाजाल।

दुनिया जानती है कि बस छः माह में अमरावती के राजकाज में आमूलचूल परिवर्तन आ गया था। लोक पहले से कहीं अधिक सन्तुष्ट और सुखी था। कहीं कोई शत्रुता नहीं। किसी से बैर नहीं। असुर नरेश वृषपर्वा से लेकर देवभूमि के ऋषि, सभी पहली बार सन्तुष्ट दिख रहे थे। सब धीरे–धीरे भूलने लगे थे कि अमरावती के वास्तविक राजा 'इन्द्र' हैं। नारायण ही जानें कि शचि भी उन्हें याद करती थीं या नहीं...

किसी की तपस्या मात्र से जिस इन्द्र को अपनी सत्ता जाती हुई दिखती वह अपने अज्ञातवास में धर्मात्मा राजा नहुष के राजकाज में अमरावती की बढ़ती हुई प्रतिष्ठा के बारे में जानकर कितना विचलित होता होगा।

सुना है जल विहार के दौरान इन्द्र देवगुरु बृहस्पति को विशाल कमल पुष्पों के झुरमुट से पीठ टिकाए मिले थे। लोग इन्द्र के चेहरे से अधिक पृष्ट भाग को ही तो पहचानते हैं। अमरावती और सुरों पर आयी हुई समस्याओं ने पहले इन्द्र की पीठ देखी है, उसके पश्चात् कोई उपयुक्त हल।

विलुप्त इन्द्र के अचानक मिल जाने की यह सूचना सबको मिल गयी थी। माँ कितनी प्रसन्न थीं उस दिन। पिता महाराज नहुष अब हस्तिनापुर लौट आयेंगे। पिता श्री स्वयं इन्द्र के पास जाने वाले थे उनका राजभार उन्हें वापस लौटाने कि अचानक सभा में जनता एकत्रित हो गयी थी। अमरावती का शासक अपना सिंहासन तब तक नहीं छोड़ सकता जब तक उसके गद्दी–च्युत होने का कोई उचित कारण न हो। यूँ भी लोक–भावना इसी पक्ष में थी कि नहुष शासक बने रहें।

सब असहाय दृष्टिगोचर हो रहे थे। इन्द्र, नहुष और गुरु बृहस्पति भी... पूर्णिमा के दिन पिता महाराज माँ से मिलने हस्तिनापुर आने वाले थे। उससे पहले ही सोम वंश के इतिहास और भविष्य पर कालिमा पोत देने वाली वह सूचना आ गयी थी।

महाराज नहुष अगस्त्य मुनि के श्राप से स्वर्ग–च्युत होकर सर्प योनि में भूतल पर आ गिरे थे।

धर्मात्मा नहुष सर्प योनि में... कैसे सम्भव है? जिस नहुष के धर्म को सम्मुख रखकर प्रतिज्ञाएँ ली जाती हैं वह नहुष कौन–सा अधर्म कर बैठे जो उन्हें स्वर्गच्युत होना पड़ा।

नहुष शचि को भोगना चाहते थे। उसकी लालसा में मदान्ध हो गये थे। शचि ने उन्हें मिलने के लिए बुलाया तो सप्तर्षियों से जुती हुई पालकी पर बैठकर गये थे और केवल बैठे भर नहीं थे, अगस्त्य मुनि को पाँव से मारा भी कि तीव्रता से चलो।

आह! कितनी बचकानी दलील थी यह पिता महाराज के विरुद्ध। सम्पूर्ण जगत जानता है कि महाराज नहुष एक–पत्नीव्रत हैं। उस शचि से जिससे उन्होंने इन्द्र की अनुपस्थिति में एक नियत दूरी बनाये रखी, हमेशा इन्द्र से अपनी मित्रता का सम्मान कर ज्येष्ठा भावज और बहिनी सदृश व्यवहार किया, उस पर उनकी नीयत डोल जायेगी? वह उसी से काम भावना की तुष्टि का अनुरोध कर बैठेंगे? सप्त–ऋषियों को अपना आसन प्रदान कर, स्वयं उनके पाँव पखारने वाले नहुष किसी भी मद का पान करके क्यों न बैठे हों, इतने दुष्टात्मा स्वप्न में भी नहीं हो सकते कि उन्हीं ऋषियों को अपना कहार बना लें।

इन्द्र जानते नहीं थे क्या कि एक असत्य को सत्य सिद्ध करने के लिए शतक और असत्य बुनने पड़ते हैं। आपकी सत्ता थी स्वर्ग के अधिपति। लोगों ने भरोसा न करते हुए भी मान लिया क्योंकि जब प्रत्यक्षदर्शी न हों तो कानों सुनी माननी ही पड़ती है और कैसे न मानें? सत्ता हमेशा पलड़ा अपने पक्ष में जो रखता है। राजविहीन लोक क्या कहता, क्या सुनता और क्या गुनता।

परन्तु मैं ययाति हूँ। किसी के अधीन नहीं। मैं नहुष का पुत्र हूँ।

हस्तिनापुर के नहुष का स्वतन्त्र पुत्र जो अपने पिता को बहुत अच्छी तरह जानता था। मैं जानता हूँ कि जो भी रखा गया है उसमें सत्यता कहीं नहीं। इन्द्र अपनी गद्दी पाने हेतु व्याकुल थे। वह नहीं चाहते थे कि नहुष के हटने से जनता का उनके प्रति कोई रोष हो। कोई विद्रोह हो। इस बात को समझने से भाई यति भले ही चूक गये हों, इतने सालों के शासन के बाद मैं समझ चुका हूँ कि राजनीति मनुष्य की आन्तरिक लोलुपता का सबसे विकृत रूप है, जिसकी शब्दावली में 'असम्भव' कहीं स्थापित नहीं होता। मेरे निष्कलुष पिता इन्द्र की इसी कूटनीति की भेंट चढ़ गये।

इन्द्र तो इतिहास के अपराधी रहेंगे, मगर मेरा रोष देवगुरु बृहस्पति और शचि के प्रति है। वे कैसे इन षड्यन्त्रों को बल दे सकते हैं। कैसे भूल सकती थीं देवी शचि कि मेरे पिता वही पुरुष हैं जिनके समक्ष उन्होंने अपनी कुल वेदना को अनावृत्त कर दिया था और उस पुरुष ने अपना समस्त पुरुषत्व तजते हुए उस वेदना पर बस एक मित्रवत प्रेम के औषध का लेपन किया था।

पिता के मनुष्य रूप खोने और हिमालय की कन्दराओं में शरण लेने के पश्चात् जब ज्येष्ठ भ्राता यति मुँह अँधेरे राजप्रासाद छोड़कर वन–प्रस्थान कर गये थे तब शचि आयी थीं माँ से मिलने। इन्द्र की पत्नी की तरह नहीं, उनकी पुरानी सखी की तरह। तब मैंने उनकी आँखों में बार–बार अपराधबोध देखने की चेष्टा की थी। मुझे कुछ स्पष्ट नहीं दिखा था। दिखता भी कैसे, वे आँखें शचि की आँखें थीं, रम्भा और मेनका जैसी नर्तकियों को नृत्य–शिक्षा देने वाली महाकलाकार शचि की दक्ष आँखें, भावों के साथ खेलने में दक्ष आँखें। माँ ने सदैव की तरह विशाल हृदय दिखाया था। यह जानते हुए भी कि पिता पर लगे समस्त आरोप मिथ्या हैं, उन्होंने शचि से तनिक भी शिकायत नहीं की थी। जाती हुई इन्द्राणी को प्रासाद के द्वार तक अरियातने आयी माँ का हाथ इन्द्र–पत्नी ने बहुत देर तक पकड़कर रखा था। शायद मूक स्वर, स्पर्श के सहारे अपना अपराधबोध और संवेदनाएँ व्यक्त कर रहे थे।

अत्यन्त प्रतिभावान, राजकीय और व्यवहारिक कौशल से परिपूर्ण शचि के मूक अवतरण को देखने के बाद मेरी शिकायत देवगुरु बृहस्पति से भी दूर हो गयी थी। जब साम्राज्ञी इतनी पस्त हैं तो अमरावती के सिंहासन के राजगुरु और सुरों के सबसे विश्वासी मुनि से क्या ही अपेक्षा की जा सकती है! वे तो यों भी बाद के वर्षों में उसके प्रति स्नेहिल रहे हैं। गुरुकुल में बीता हुआ वह समय जब वह और देवगुरु बृहस्पति के उसी की वयस वाले पुत्र कच की मित्रता प्रगाढ़ थी। वह स्वयं जहाँ खेलकूद और युद्ध कला में सर्वश्रेष्ठ था वहीं कच पुराणों और शास्त्रों के अध्ययन में सबसे अच्छा। गुरु आश्रम में जब भी दोनों मित्रों को घर की याद आती, दोनों एक–दूसरे के साथ हो जाते। विशेष अवसर वह होता जब कच के पिता बृहस्पति उससे मिलने आते। उन विशेष दिनों में न सिर्फ़ अतिरिक्त नेह की वर्षा होती, गुरुकुल के आम कन्दमूलों से भी छुटकारा मिलता। देवगुरु का लाया हुआ स्वार्गिक स्वाद वाला दधि (दही) और खोये से भरा हुआ पात्र, जिसे पाने के साथ ही किसी भी और सुख की कामना नहीं रह जाती थी...

पितृ–स्नेह से वंचित बाल ययाति के लिए उस क्षण बृहस्पति से अधिक प्रिय कोई नहीं होता। माँ हस्तिनापुर का विशाल साम्राज्य सँभालने में इतनी व्यस्त रहतीं कि कभी आना सम्भव ही नहीं हो पाता। भ्राता यति पहले ही सब छोड़कर जा चुके थे। गुरुकुल में बाल ययाति के पास अगर कुछ था तो कच की मित्रता और कच के सम्बन्ध जो उसे अपने से लगते।

सोचते–सोचते ययाति का मन भीग आया था। आँखें तो देवयानी के कक्ष से बाहर निकलने के समय से ही लगातार धुँधली हो रही थीं।

कितना प्रेमिल निवेदन लेकर आया था मैं देवयानी के पास। वह हमेशा हठ करती है कि मैं वन–विहार को अकेला ही चला जाता हूँ। कभी उसे साथ ले जाने की नहीं सोचता। इस बार हिम–तराई

के नयनाभिराम वन क्षेत्र की ओर जा रहा था। क्या सुखद होता जो देवयानी भी साथ चलती, परन्तु उस मानिनी को किसी और के भावनाओं की परवाह हो तब तो...

कभी–कभी लगता है सब दोष मेरा ही था। किसी समस्याग्रस्त स्त्री की मदद भर कर देने से कैसे मैं उसकी आगामी सारी व्यथा का दोषी हो गया? क्यों मैं उस क्षण उसके सौन्दर्य में मोहित हो गया था? क्यों नहीं मैंने उसे उस सूखे कुँए में छोड़ दिया?

देवयानी कम–से–कम उस दिन का मान तो रख लेतीं, जब मैंने उनकी आर्त–पुकार पर अपने कुल का मान और सम्पूर्ण क्षत्रियत्व उनके समक्ष रख दिया था?

ब्राह्मण कन्या का वरण करना? जिन्हें जन्म से मातृवत देखने के लिए शिक्षित–दीक्षित किया गया था, उन्हें भार्या के रूप में देखना। कितने बड़े पाप की ओर अग्रसरित हो गया था मैं...

'आज आखेट का तीसरा दिन है। महाराज ययाति देवभूमि में रमण कर रहे होंगे। कितनी असहिष्णु है देवयानी। इतने प्रेम से महाराज उसके पास आये थे, उसे साथ लिवा जाने को। और वह उन पर ही बरस पड़ी... कितने विकल होकर निकले होंगे महाराज उसके कक्ष से...'

आज शर्मिष्ठा तनिक स्वस्थ महसूस कर रही थी। पाँव का घाव अब भरने लगा था और ऋतु स्नान का चक्र भी साथ ही पूरा हुआ था। भीगे हुए केशों को पोंछते हुए वह अशोक के वृक्षों से पटे उस उद्यान में निकली थी। वर्षा ऋतु के बीतने के बाद धूप देह को भाने लगती है। मन अब भी देवयानी और महाराज पर अटका हुआ था। दासियों की काना–फूसी उस तक भी पहुँची थी कि महाराज भीगे नयन निकले थे उस दिन महारानी के कक्ष से।

क्या हो जाता है इस देवयानी को? वे लोग जो उससे असीम प्रेम करते हैं, यह उनको ही कष्ट देने पर उतारू क्यों हो जाती है? पहले मेरे साथ कठोरता की सीमाओं को पार कर गयी और अब उससे इतना प्रेम करने वाले महाराज को?

किस पुरुष को इतनी चिन्ता होती है अपनी पत्नी की। पिता महाराज वृषपर्वा को ही देख लेती। असुर सम्राट, जिसकी वीरता की गाथा से समस्त दिशाएँ गुंजायमान रहतीं। जिस राजा का प्रताप उसकी

प्रजा लोक–गाथाओं में पिरोकर सुनातीं, वह राजा अपने अन्तःपुर में कभी वैसे ही प्रेम का भागी क्यों न हो सका?

माता अविघ्ना अपना हर दुःख मायके से साथ आयीं दासी से कहतीं पर कभी अपने अन्तस की बात उन्होंने पिता महाराज पर प्रत्यक्ष नहीं होने दिया। कितने–कितने भीषण दिन देखे थे माँ ने। उस बार ज्वर से तप रही थीं जब परिचारिका ने आकर सन्देश दिया था कि महाराज आखेट से लौटने वाले हैं। आते ही सीधा महारानी के कक्ष की ओर पधारेंगे।

आह! भीषण ज्वर की तीव्रता में भी माँ शैया से उठकर स्नान और सज्जा को चली गयी थीं। कितना रोका था उसने।

'माँ, ज्वर बढ़ जायेगा। मत स्नान करो न। इतनी ठण्ड में तुम्हारा स्वास्थ्य और बिगड़ जायेगा'

परन्तु माँ ने उसकी एक बात नहीं मानी थी। पिता महाराज लौटे तो माँ का दहकता शरीर छूकर चौंक गये थे। सम्भवतः वह पहली बार था जब शर्मिष्ठा ने पिता महाराज की आँखों में माँ के लिए वह नेह देखा था जो हर प्रेम करने वाले पुरुष के नेत्रों में अपनी स्त्री के लिए होता है।

कितनी प्रसन्न हुई थी शर्मिष्ठा उस दिन। पिता ने उस दिन की राजसभा स्थगित कर दी थी और पूरा दिन माँ के साथ उनकी सुश्रुषा में बिताना तय किया था। दस वर्ष की शर्मिष्ठा चहकती रही थी उस पूरे दिन। माँ की शैया के आस–पास ही बनी रही थी। जीवन के सबसे दुर्लभ दिनों में था यह दिन जब पिता और माँ दोनों साथ थे।

यूँ तो अनेक राजकीय यात्राओं पर माँ और वह पिता महाराज के साथ गये हैं, परन्तु उन यात्राओं का तनाव कभी भी पूरे परिदृश्य को आज सा स्वाभाविक और सहज नहीं रहने देता था।

हाँ, उस पर जान छिड़कते थे पिता महाराज। उसकी इच्छाएँ स्वर प्राप्त करने से पहले पूरी हो जातीं, जैसे पिता महाराज पहले ही जान लेते थे कि उसे क्या चाहिए, पर उसे उन सब से अधिक कुछ चाहिए था तो बचपन वाले उस विशिष्ट दिन की पुनरावृत्ति, जब

पिता महाराज सब कुछ परे रखकर कुछ पल बस उसके और माँ के लिए नियत कर दें।

देव ही जाने, जो भी उसने हृदय की गहराइयों से चाहा है वह भी प्राप्त क्यों नहीं हुआ? यूँ तो पिता महाराज हर छोटे–बड़े निर्णय से पहले माँ से मन्त्रणा करते थे। उनकी सुख सुविधा का अपूर्व ध्यान रखते थे पर क्या साले–छमासे एक दिन केवल उनके लिए निकाल लेना इतना कठिन था?

और यह देवयानी! जिसका पति उसके साथ को व्याकुल रहता है, वह इतनी रुष्टा–रूप में रहती है।

ऐसा क्या कर दिया था महाराज ने जो उसने इतने कठोर शब्द कहे थे कि महाराज अपने नेत्रों को अपने नियन्त्रण में न रख सके।'

सोचते–सोचते शर्मिष्ठा का मन द्रवित हो गया था। इतने सु–हृदय ययाति के साथ ऐसा व्यवहार कहीं से भी उचित नहीं। विचारों में मग्न उसने जाने कब कूची उठा ली थी। आज बहुत दिनों पश्चात् उसे इस तरह माघ की धूप का संयोग बना था। उस दिन महाराज के कक्ष से बाहर निकलते ही देवयानी अपने कक्ष से निकलकर अरावली की सघन पहाड़ियों में बने प्रासाद में सप्ताह भर के शीत–प्रवास के लिए चली गयी थी। आम दिन होता तो वह शर्मिष्ठा को भी अपने साथ खींच ले जाती। प्रमोद के लिए न सही, अपने व्यंग्य बाण से बेधने हेतु ही।

उसके कक्ष से निकलते हुए पाँव में चुभे पत्थर से हुए घाव पर दया दिखाना देवयानी के चित्त में कहाँ। वह तो इस तरह के घावों को कुरेदकर आनन्द प्राप्त करती है। विगत जीवन की स्मृतियाँ इन दिनों सघन आघात करने लगी हैं। जब कोई भी वस्तु अप्राप्य होती है, उसे पाने की इच्छा तीव्रतर होती जाती है। इन स्मृतियों के साथ भी वही है, जब इनसे दूर भागने के प्रयास होते हैं, ये व्यूह रचना करके भेदन करती हैं। शर्मिष्ठा कूची हाथ में लिए अतीत की लहरों में डूबने–उतरने लगी थी।

'राजकीय उद्यान की चिड़ियाएँ किस तरह आक्रान्त हो जाया

करती थीं, देवयानी का स्वर सुनते ही। किसी चिड़िया के घोंसले में अण्डों को छू लेना, कभी किसी डाल पर बैठी अलमस्त चिड़िया पर कंकड़ चला देना। सारी चिड़ियाएँ एक साथ चीख़ उठतीं। इतने से भी दिल न भरता तो धनुष–बाण उठाकर चल पड़ती। कोटर–कोटर शशकों को ढूँढ़ती फिरती और वे आक्रान्त इधर से उधर भागते फिरते। किसी भागते शशक पर तीर से निशाना साधना और उसके लड़खड़ा कर गिरने पर ताली पीटना!

महाराज वृषपर्वा का वह उद्यान जो आम दिनों में पशु–पक्षियों के लिए अभय–वाटिका होती, देवयानी के पैर रखते ही क्रन्दन से भर उठता। उसे जैसे इन चीख़ों में आनन्द आता। प्रायः ही ऐसा होता जब शर्मिष्ठा को वाटिका विहार जाना होता और वह देवयानी के आश्रम लौट जाने के पश्चात् कार्यक्रम बनाती, अथवा उसके आने का सन्देश मिलते ही शीघ्रता से बाहर निकल आती।

प्रारम्भ से ही कितनी अलग थीं दोनों सखियाँ। वृषपर्वा–पुत्री जब वाटिका विहार करती तो पुष्पों से भी बातें करती। डाल के पीले पत्ते उठाकर फेंक देती। क्यारियाँ बना देती। देवयानी उससे हँसी किया करती कि राजकुमारी में कोई भी लक्षण राजकुमारियों वाले नहीं हैं। जिन कामों के लिए दासियाँ हैं, उसे भी स्वयं करने की क्या आपदा?

तानों–उलाहनों के एक इसी क्रम में शर्मिष्ठा ने देवयानी से कह दिया शाकाहारी होने के पश्चात् भी वह किस प्रकार से पक्षियों और जानवरों का शिकार कर लेती है?

देवयानी ने दूर किसी शाख पर बैठी चिड़िया को भेदने के लिए प्रत्यंचा चढ़ाये हुए जवाब दिया था, "आखेट तो मनोरंजन है, इसका आहार से क्या लेना देना।"

'मनोरंजन किसी और की वेदना पर?' शर्मिष्ठा औचक ही पूछ बैठी थी।

'मैं कहती हूँ न शर्मिष्ठा कि तुम्हें राजकुमारी नहीं होना चाहिए था। लगता है ईश्वर से मुझे और तुम्हें भेजने में स्थान की भूल हो गयी।'

कहना था देवयानी का और सखियों की खिलखिलाहट छूट गयी थी। एक मुँहज़ोर सखी ने कह भी दिया था, 'फिर तो शुक्राचार्य अपना सारा नेह शर्मिष्ठा पर ही लुटाते। उसका क्या देवयानी जीजी?' (जीजी सम्बोधन यहाँ उचित नहीं जान पड़ रहा)

देवयानी अचानक से कठोर हो उठी थी। उसने तीर छोड़ा, बिना शिकार की ओर देखे अपना दुशाला लपेटा और शर्मिष्ठा को विदा कहकर आश्रम की ओर निकल गयी।

शर्मिष्ठा ने घूरा था उस सखी को।

'अनावश्यक ही देवयानी को रुष्ट कर दिया। क्या आवश्यकता थी वह सब कहने की'

'परन्तु वह भी तो आप पर व्यंग्य बाण छोड़ रही थीं। किस बात का गर्व है उन्हें? शुक्राचार्य पुत्री होने का ही न।'

शुक्राचार्य पुत्री! देवयानी ने सदैव इस बात का लाभ उठाया है। हर वह चीज़ (वस्तु) जो उसे पसन्द थी, देवयानी जाने कैसे समझ जाती और पहले ही उस पर अपना हाथ रख देती।

उस बार पिता महाराज युद्ध से लौटे थे। असुर–गुरु शुक्राचार्य ने कुछ नयी सिद्धियाँ हासिल (प्राप्त) की थी, जिसके उपयोग से बनाये गये अस्त्रों–शस्त्रों ने महाराज वृषपर्वा की उस युद्ध को जीतने में बहुत मदद की थी। युद्ध विजित होने के उपरान्त प्राप्त होने वाले उपहारों में दो बहुमूल्य दुशाले भी थे। एक चन्द्र आभा लिए हुए धवल और दूसरा रक्तिम। पहले कुलगुरु के सम्मान में महाराज ने देवयानी से ही अपना दुशाला चुन लेने को कहा था। उसने रक्तिम दुशाला उठाकर डाल लिया था।

दूसरा बचा धवल दुशाला शर्मिष्ठा ने हाथों में लिया ही था कि देवयानी ने उससे वह ले लिया।

'रक्त पूरित रंग क्षत्रिय राजकुमारियाँ ही पहनें तो उत्तम। मुझे तो यह धवल रंग का दुशाला ही दे दो।'

अभी–अभी जो वस्तु ठीक से हाथ में भी नहीं ली थी, उसके यूँ छिन जाने पर शर्मिष्ठा भौंचक्का रह गयी थी। पिता वृषपर्वा ने बेटी

के मुख के बदलते भाव देख लिए थे और नेत्रों से ही नेह की इतनी वर्षा कर दी कि देवयानी की हठयोगिता के कारण लगभग उत्पन्न हो चुका क्रोध स्वयं ही शान्त हो गया।

ऐसे कितने ही अवसर रहे थे जब उसे देवयानी की हठ के समक्ष चुप रह जाना पड़ा था। सबसे पहली बार तब दोनों ने पढ़ना–लिखना सीखा ही था। गुरुपुत्री हमेशा अपने पिता के सबसे निपुण शिष्यों के सान्निध्य में रहती, राजपुत्री सीमाबद्ध समय के लिए आती, और उतने में ही जितना सम्भव हो सीख लेने की चेष्टा में होती। दोनों की पसन्द एक–दूसरे से नितान्त अलग थी। देवयानी नृत्य और राजनीति में रुचि लेती, शर्मिष्ठा चित्रकला, खेल–कूद और शास्त्रों में अधिक योग लगाती।

महाराज वृषपर्वा के राज्य में होने वाले मेधा–संगमन की ख्याति दूर–दूर तक थी। सब ओर से विज्ञ और छात्र आते, अपनी प्रतिभा का प्रदर्शन करते और पारितोषिक एवं प्रमाण–पत्र के साथ वापस लौटते। शुक्राचार्य की निगरानी में होने वाला यह मेधा–संगमन सुर, असुर एवं मानव तीनों के बीच की सबसे विशिष्ट प्रतिभा के चुने जाने का भी विशेष अवसर होता।

उस साल शर्मिष्ठा और देवयानी भी अपनी कलाओं के साथ पहली बार संगमन में शामिल हो रही थीं। नृत्य प्रतियोगिता देवयानी के नाम हो चुकी थी और चित्रकला में शर्मिष्ठा की कूचियों के जादू ने सबका मन मोह लिया था। अन्तिम प्रतियोगिता शास्त्रों से अर्जित ज्ञान पर थी। इस प्रतियोगिता का संचालन स्वयं शुक्राचार्य कर रहे थे। महाराज वृषपर्वा, माता अविघ्ना और बाक़ी मन्त्रीगण समेत प्रजा का एक बड़ा भाग इस प्रतियोगिता को देखने के लिए एकत्रित हुआ था।

राजपुत्री और गुरुपुत्री दोनों इस विशेष प्रतियोगिता में हिस्सा ले रही थीं। दोनों ने भिन्न प्रतियोगिताओं में अब तक अपनी विशिष्ट प्रतिभा के दर्शन करवा दिये थे। वहाँ उपस्थित समस्त लोग यह जानने को व्यग्र थे कि आज का यह अवसर किसके नाम लिखा जायेगा।

अब तक किये गये तमाम प्रश्नों के तर्कपूर्ण उत्तर देकर दोनों कन्याओं ने कौतुक का वातावरण बना रखा था। यह तय करना लगभग असम्भव था कि पलड़ा किस ओर झुकेगा, तभी शुक्राचार्य के एक वरिष्ठ शिष्य ने प्रश्न किया, 'प्रीति क्या है?'

पहला उत्तर देवयानी ने दिया था, 'स्त्री–पुरुष के मध्य उत्पन्न सहज प्रेम ही प्रीति है।'

वहाँ उपस्थित सभी लोग वाह–वाह कर उठे। उन गुंजनों के मध्य शर्मिष्ठा ने कहा, 'प्रीति केवल स्त्री और पुरुष के मध्य का सहज नेह भर नहीं है। यह किसी भी व्यक्ति के किसी भी अन्य व्यक्ति, जीव, परिस्थिति अथवा वस्तु के लिए उपजा हुआ निष्कलुष नेह है। उदाहरण स्वरूप किसी की प्रीति अपनी जन्मदात्री भूमि से हो सकती है तो कोई अपने पाले हुए किसी जानवर से वैसा ही रिश्ता गाँठ सकता है। '

देवयानी ठठाकर हँसी थी शर्मिष्ठा के उत्तर पर।

'शर्मिष्ठा, लगता है आजकल तुम कल्पना–लोक में अधिक विचरण करने लगी हो। कहाँ की बात कहाँ ले जा रही हो।'

'देवयानी, पुत्री शर्मिष्ठा उचित कह रही है। प्रीति की परिभाषा स्त्री–पुरुष सम्बन्ध से बढ़कर है।'

गुरु शुक्राचार्य का हस्तक्षेप हुआ था और पूरी सभा में सन्नाटा छा गया था। शुक्राचार्य स्वयं उठकर शर्मिष्ठा को आशीर्वाद देने आये थे। देवयानी अचानक उठी थी और सभा से बाहर चली गयी थी। गुरुदेव ने शर्मिष्ठा के सर पर नेह से हाथ फेरते हुए दिलासा दिया था कि देवयानी को वह समझा लेंगे। शर्मिष्ठा ने पिता वृषपर्वा की ओर देखा था। बेटी के बुद्धि चातुर्य को देखकर आगत गर्व उस डर के नीचे दुबका हुआ था जो शुक्राचार्य के आसन्न क्रोध की सम्भावना से उपजा था।

असुरगुरु शुक्राचार्य की एकमात्र दुर्बलता का नाम 'देवयानी' है, इस बात से सम्पूर्ण लोक में कौन अवगत नहीं था।

माता देवयानी को जन्म देकर प्रसवकाल में ही इहलोक को सिधार

गयी थीं। पिता शुक्राचार्य ने पुत्री की देखभाल में कोई कमी नहीं रखी थी। मातृहीन कन्या को किसी भी प्रकार से नेह की कमी न महसूस हो, इस हेतु वह उसकी सभी उचित–अनुचित बातों को मान लेते। गुरुवर को विशेष कठिनाई न हो, इस बात का ध्यान राजपरिवार भी रखता था। महाराज वृषपर्वा और महारानी अविघ्ना स्वयं इस प्रयास में होते कि देवयानी को उसकी ही वयस की उनकी अपनी पुत्री शर्मिष्ठा की तुलना में किसी प्रकार की कमी न हो।

इस अतिरिक्त नेह का परिणाम यह निकला था कि देवयानी हठी होती जा रही थी। आश्रम के कुछ अत्यावश्यक अनुशासनों को छोड़कर उसके लिए न कोई राजकीय नियम 'नियम' था, न ही कोई सामाजिक नियम।

अनुशासन और नियम महाराज ययाति की पत्नी महारानी देवयानी से अभी भी उतनी ही दूरी पर था...

स्मृति की तरंगों में उलझी शर्मिष्ठा का ध्यान अपनी कूची और सामने रखे चित्रपट पर गया तो वह चिहुँक उठी। यह क्या बना दिया मैंने? किन विचारों में मग्न थी और क्या चित्रित कर दिया मैंने...

'तीन दिन बीतने को आये हैं मगर मन को तनिक भी शान्ति नहीं। न आखेट में जी लग रहा है, न वापस लौटने की इच्छा हो रही है।'

किंकर्तव्यविमूढ़ता की जाने वह कौन–सी घड़ी थी जब साथ आयी सैन्य टुकड़ी को औचक ही लौटने का आदेश दे दिया गया। अभी तो तम्बू गड़े ही थे, और अभी ही प्रस्थान की आज्ञा भी। महाराज ययाति के चित्त की विकलता सैनिकों से भी छिपी न रह सकी।

हिम तराइयों से लौटते हुए यमुना की धाराओं को पार करते ही यमुनाआलय की प्राचीर दिखने लग जाती।

'यमुनाआलय कभी माँ का सबसे प्रिय विश्रामगाह हुआ करता था। पिता की अनुपस्थिति में जब भी उन्हें काम–काज से तनिक भी छुट्टी मिलती तो वह उन पलों में यहाँ आ जातीं। यह राज–भवन

निर्मित भी इस प्रकार हुआ था कि यमुना के किनारे के अशोक वन और नदी की धार भी भवन के प्रांगण का ही एक भाग प्रतीत होते।

देवयानी और राजकुमारी शर्मिष्ठा के आगमन के बाद माँ ने बड़े ही प्रेम से यह महल राजकुमारी शर्मिष्ठा के प्रवास--स्थल में परिवर्तित करवा दिया था। देवयानी की इच्छा थी कि शर्मिष्ठा वहीं रहे, अन्य दासियों के साथ मुख्य राज–प्रासाद के दूसरे खण्ड में।

माँ के किसी भी आदेश की अवहेलना हस्तिनापुर के किसी भी व्यक्ति के लिए सम्भव नहीं, चाहे वह स्वयं मैं, 'हस्तिनापुर नरेश' ययाति ही क्यों न हो। देवयानी की लाख अनिच्छा के उपरान्त भी शर्मिष्ठा इस भवन में आ गयी थी। सम्भवतः मैं भी कहीं–न–कहीं माँ के इस आदेश से हर्षित था।

विवाह के दिन ही देवयानी का राजकुमारी शर्मिष्ठा के प्रति द्वेष दिख गया था। कितना भीषण दिन था वह। दक्षिण से लौटते हुए हस्तिनापुर की पूरी सैन्य टुकड़ी बवंडर में फँस गयी थी। आँधी और बारिश के उस भीषण प्रकोप से पहले वह और सेनापति साथ ही तो चल रहे थे। अचानक अँधेरा छा गया था और टुकड़ी के लोग तितर--बितर हो गये थे। वह राह भटककर उस जंगल में चला आया था। न दिशा का कोई ज्ञान, न समय का अनुमान। भूख और प्यास की आकुलता अलग। चढ़ते सूरज के ताप से चक्कर खाकर गिरने ही वाला था कि दूर से कूप के कल जैसा कुछ दिखा। अपनी सारी ऊर्जा समेटकर पास पहुँचा ही था कि किसी की आर्त पुकार सुनाई दी। ऐसा प्रतीत हो रहा था जैसे कोई स्त्री किसी सकंट में है। ज्यों--ज्यों कूप के निकट आता जा रहा था, उस पुकार की ध्वनि तीव्रता बढ़ती जा रही थी।

क्या कोई स्त्री इस कुएँ में गिर गयी है या भूख–प्यास से बेहाल चेतना उसे किसी भ्रम जाल में बाँध रही है। सोचते--सोचते उसने कुएँ में झाँका था और झाँकने के साथ ही चेतना शून्य हो गया

था। इतनी मोहक सुन्दरता इस सूखे पड़े कूप में क्या कर रही है। आस–पास पसरे झाड़ों के मध्य वह स्त्री मुख, जैसे पूनम के दिन कलाधर बादलों की पहरेदारी को परे ढकेलकर अपने सम्पूर्ण वैभव के साथ खिल आया हो।

'इस तरह क्या देख रहे हैं पथिक? क्या कभी कोई स्त्री नहीं देखी है? बाहर निकलने में मेरी सहायता कीजिए।'

उसने संज्ञा शून्यता की स्थिति में हाथ बढ़ा दिया। जैसे–नेत्रों ने विद्रोह कर दिया हो, वे बिना डिगे उस सुमुखी पर स्थिर हो गये थे।

'मैं देवयानी हूँ। असुर साम्राज्य के कुलगुरु शुक्राचार्य की पुत्री।'

सौन्दर्य को परिभाषित करने वाली उस स्त्री ने सँभलते ही अपने वस्त्रों को सँभाला था और साथ–ही–साथ अपना परिचय दे दिया था।

'मैं ययाति हूँ। हस्तिनापुर का ययाति' कितना सकुचाया हुआ था मैं। गुरु कन्या क्या सोच रही होंगी मेरे व्यवहार के प्रति। हस्तिनापुर के पुरुष क्या स्त्रियों को देखकर इस तरह मुग्ध हो जाते हैं कि उन्हें बाक़ी कोई सुधि नहीं रहती।

'ओह! आप महाराज ययाति हैं। सोम वंश  के महाराज पुरु के पौत्र और महाराज नहुष के पुत्र।'

हाथ जोड़े वह उत्तर देने ही वाला था कि अचानक एक सैन्य टुकड़ी आती दिखायी दी। वेश–भूषा से ये हस्तिनापुर के सैनिक की तरह नहीं दिख रहे। अवश्य महाराज वृषपर्वा के सैनिक होंगे। हाथ तलवार की मूँठ पर भिंचने ही लगा था कि वे सैनिक उस स्त्री के सामने आकर खड़े हो गये।

'प्रणाम गुरुपुत्री। देवकृपा है कि आप कुशल हैं। महाराज वृषपर्वा ने हमें आपको सकुशल लिवा लाने हेतु ही भेजा था। महाराज और कुलगुरु वहाँ अत्यधिक चिन्ता में होंगे। कृपा करके के हमारे साथ ही प्रस्थान करने का कष्ट करें।'

'हुह! महाराज वृषपर्वा ने मेरी कुशलता की जानकारी लेने के लिए तुम्हें भेजा था। यूँ क्यों नहीं कहते कि उन्होंने तुम सबको यह सुनिश्चित करने के लिए भेजा था कि मैं मर चुकी हूँ।'

'देवी, महाराज आपकी चिन्ता में व्यग्र हैं। गुरुदेव भी वहीं हैं।'

'अच्छा खेल है, इन पिता-पुत्री का। पुत्री जान लेती है, पिता बचाने को सैनिक भेजते हैं।'

'सुनो! मैं कहीं भी नहीं जा रही। महाराज वृषपर्वा और मेरे पिता, दोनों व्यक्तियों को मेरा सन्देश दे देना कि मैं तब तक इस स्थान से तृण भर भी नहीं हिलूँगी जब तक मेरी सभी प्रतिज्ञाएँ पूरी नहीं हो जातीं।'

कुछ देर उपरान्त ही दल-बल सहित महाराज वृषपर्वा और कुलगुरु शुक्राचार्य उस वनक्षेत्र में उपस्थित हो गये थे।

हाथ जोड़े महाराज वृषपर्वा देवयानी से अनुनय कर रहे थे।

'गुरुपुत्री मैं जानता हूँ कि आप रुष्ट हैं। मैं आपके अपराधियों को कठोर दण्ड दूँगा।'

'अपराधियों? आप इतने निर्दोष तो नहीं हैं महाराज। वे अपराधिनें थीं, अपराधिनें।'

'गुरुपुत्री मुझे शर्मिष्ठा से ज्ञात हुआ कि आप कुएँ में गिर गयी हैं।'

'गिर नहीं गयी थी राजन। मुझे कुएँ में धकेल दिया गया था। आपकी पुत्री शर्मिष्ठा के आदेश से।'

'यह अपराध अगर उसका है तो वह आपकी अपराधिन है। उसे उपयुक्त दण्ड दिया जायेगा। मेरा विश्वास कीजिए गुरुपुत्री।'

'वह अगर मेरी अपराधिन है तो उसे दण्ड भी मैं ही दूँगी।'

'देवयानी, महाराज वृषपर्वा अगर कह रहे हैं कि वह शर्मिष्ठा को दण्ड देंगे तो अवश्य दण्ड देंगे। तुमने यह नया हठ क्या ठान लिया है? सब गुड्डे-गुड़िया का खेल नहीं। कुछ राजकीय नियम होते हैं, उसका पालन करो।' अब तक चुपचाप सब सुन रहे गुरु शुक्राचार्य ने बेटी के हठयोग पर क्रोधित होते हुए कहा था।

'पिताश्री अगर मैं आपको इतना चुभती हूँ तो आपने मुझे जन्म लेते ही माता श्री के साथ ही क्यों नहीं भेज दिया। हमेशा आपको इन असुरों की चिन्ता रहती है। ये वे ही असुर हैं न जिन्होंने आपको धोखे से नरमांस भी खिलाया है। आपका धर्म भ्रष्ट किया

है। जानना चाहते हैं आप कि मैं क्यों इतनी रुष्ट हूँ। मार दिया था आज इन असुरों ने मुझे। इन्हीं महाराज वृषपर्वा की कन्या अपने बाक़ी असुर कुल की तरह ही षड्यन्त्रकारी हैं। बचपन से मुझसे द्वेष रखती आयी है। आज उसके कहने पर मुझे उसकी सखियों ने हाथों से उठाकर कुएँ में फेंक दिया था। वह तो मेरा भाग्य था कि कुआँ सूखा था और मैं ज़िन्दा बच गयी, अन्यथा अभी आप मुझ पर इस तरह क्रोधित होने की जगह मेरे शव पर अश्रुपात कर रहे होते।'

देवयानी के नेत्रों से इस गति से जल–पात हो रहा था कि सघन वृष्टि भी उसे देखकर लज्जा से भर जाये। जिस देवयानी को हर प्रकार के कष्ट से बचाने की कोशिश की थी, जिसके नेत्र में अश्रु की एक बूँद भी शुक्राचार्य को उद्विग्न कर देती, वह इस विकलता से रो रही थी।

असुरों के कुलगुरु के नेत्र रोष से रक्तिम हो गये थे। महाराज वृषपर्वा अपने सारे गौरव को किसी व्यर्थ ओढ़े हुए अंगरखे की तरह उतारकर सर झुकाए हाथ जोड़े खड़े थे।

'शर्मिष्ठा बालिका है गुरुदेव। आप स्वयं जानते हैं कि इस पूरे राज्य में कभी भी शर्मिष्ठा और देवयानी के बीच विभेद नहीं किया गया। मैं शर्मिष्ठा को दण्डित करूँगा। मुझ पर विश्वास रखें गुरुवर।'

'शर्मिष्ठा को यहाँ बुलाइए राजन।'

कुल पाँच शब्द कहे थे गुरु शुक्राचार्य ने। हर शब्द मनों भारी।

आदेश का पालन हुआ। थोड़ी ही देर में शर्मिष्ठा उपस्थित हो गयी थी।

'पुत्री शर्मिष्ठा, क्या तुम्हारे आदेश पर देवयानी को उस कूप में धकेला गया था?' न्यायिक बने पिता ने पुत्री से प्रश्न किया था।

'नहीं पिता श्री, मेरे आदेश पर किंचित भी नहीं, परन्तु लापरवाही अवश्य मेरी थी। हुआ यह था कि।'

'राजन, आपका शर्मिष्ठा से प्रति–प्रश्न करना मेरे आत्म–सम्मान पर प्रश्न–चिह्न है। आपको मेरे कथन पर विश्वास नहीं।'

देख रहे हैं पिता श्री? अब मैं और क्या प्रमाण दूँ अपनी अवमानना का। अब तो महाराज स्वयं अपनी पुत्री के पक्ष में खड़े दिख रहे हैं।'

शर्मिष्ठा अपनी बात पूरी कर पाती उससे पहले ही देवयानी ने बोलना प्रारम्भ कर दिया था। उसके शब्दों की तीक्ष्णता वहाँ उपस्थित असुर कुल के प्रत्येक सदस्य को बेध रही थी।

'राजन मैं यहाँ अपनी पुत्री और अपनी अवमानना करवाने हेतु नहीं आया हूँ। अब तक मैंने असुर कुल के लिए जो भी किया हैं अब समय आया है कि असुर कुल उसका भुगतान करे। मैं चाहता हूँ कि असुर कुल देवयानी की सभी शर्तों को पूरा करे अन्यथा मेरी प्रतिज्ञा है कि यह पूरा साम्राज्य न केवल मेरी सिद्धियों से विरक्त होगा, मेरे हाथों अपने नाश का भागीदार भी यह स्वयं होगा।'

महाराज वृषपर्वा ने गुरु के पैर पकड़ लिए थे। बालिका के बाल–सुलभ अपराध का दण्ड निर्दोष कुल और प्रजा को न दीजिए। मुझे स्वीकार है गुरुपुत्री की सभी शर्तें।

'कहिए गुरुपुत्री, अपनी सारी शर्तें बताइए।'

'पहली यह कि शर्मिष्ठा का जब तक विवाह नहीं हो जाता, वह मेरी सेवा में रहेगी। मेरे विवाह के उपरान्त भी'।

और 'दूसरी यह कि मैं अभी इसी क्षण विवाह करना चाहती हूँ।'

पहली शर्त सुनते हुए वृषपर्वा ने पुत्री की ओर देखा था। पुत्री ने सम्भवतः पिता की आँखों में देखते हुए उन्हें भरोसा दिलाया था कि वह उनके वचन का मान रखेगी।

दूसरी शर्त की बात सुनकर वृषपर्वा और शुक्राचार्य दोनों अचम्भित हो गये थे।

'गुरुपुत्री यहाँ कोई आपके अनुकूल वर कहाँ उपस्थित है?' महाराज वृषपर्वा ने अचम्भे में ही प्रश्न किया था।

'हे महाराज। इनसे मिलिए। आप हैं हस्तिनापुर नरेश ययाति। मैं इनसे विवाह करना चाहती हूँ।' मेरा हाथ पकड़कर देवयानी ने कहा था।

'हस्तिनापुर के क्षत्रिय महाराज ययाति!' धीमे से दुहराया था महाराज वृषपर्वा ने।

वह जैसे किसी स्वपन से जागा था।

'क्षमा करें देवी। मैं किसी ब्राह्मण कन्या से कैसे विवाह कर सकता हूँ। आप मेरे लिए मातृवत हुईं। मातृवत/भगिनीवत कन्या से विवाह का दोष मैं अपने कुल पर नहीं चढ़ाना चाहता।'

क्षत्रिय कुलभूषण ब्राह्मण कन्या के इस अकल्पनीय प्रस्ताव पर अचकचा गया था। हृदय उस सुन्दरी को वर लेना चाह रहा था पर परम्पराएँ हिमवंत की तरह डरा-सहमा रही थीं।

'मगर आपने मेरा पाणिग्रहण कर लिया है राजन। अब मैं किसी भी और पुरुष के लिए त्याज्य हूँ।'

'मैंने न अंगक का आह्वान किया, न विवाह के वैदिक श्लोक पढ़े, न आपके साथ फेरे लिए देवी। मैंने कब पाणिग्रहण किया आपका?' उसने देवयानी के तर्कों को हतप्रभता में क्षीण हो रही अपनी तर्कशक्ति से कुन्द करने का प्रयास किया था।

'आपने कुएँ से मुझे निकालने के लिए अपना हाथ आगे बढ़ाया था राजन। आपके द्वारा स्पर्शित होने के बाद कौन पुरुष मुझे छुएगा?'

देवयानी के इस तर्क का कोई उत्तर उस वेला में किसी के पास उपलब्ध नहीं था। न तो महाराज वृषपर्वा और न ही स्वयं गुरु शुक्राचार्य के पास।

'मैं यहीं विवाह की सारी व्यवस्थाएँ करवाता हूँ गुरुपुत्री। 'महाराज वृषपर्वा ने देवयानी और असुरगुरु को हर्षित करने की चेष्टा करते हुए कहा था।

'वह ठीक है महाराज, परन्तु आपने मेरी तीसरी शर्त अभी नहीं सुनी है।' देवयानी ने अपने शब्दों में पाषाण भरते हुए कहा।

'मेरी तीसरी शर्त है कि मैं जब तक जीवित हूँ, शर्मिष्ठा विवाह नहीं कर सकती।'

सुनकर वृषपर्वा कटे वृक्ष की तरह गिर पड़े थे। मैंने चौंककर देवयानी के हाथों से अपना हाथ छुड़ा लिया था। सारा असुर दल रुआंसा हो गया था। गुरु शुक्राचार्य ने सर झुका लिया था।

वहाँ उपस्थित सभी जनों में केवल शर्मिष्ठा बिल्कुल उसी अवस्था में थी, जिस अवस्था में वह शर्त रखे जाने से पहले थी।

महाराज वृषपर्वा ने अपनी शक्तियों को समेटा था। अपनी कटार पुत्री के हाथ में रखकर कहा था, 'पुत्री गुरुदेव की प्रतिज्ञा से केवल मैं बँधा हुआ हूँ। तुम चाहो तो इसी क्षण इस कटार से मुझे बेधकर इस प्रतिज्ञा और शर्त से मुक्ति पा सकती हो। निकल जाओ शर्मिष्ठा। अपने सामने मैं तुम्हारे भविष्य को इस प्रकार अन्धकारमय होते नहीं देख सकता।'

शर्मिष्ठा ने कटार पिता के चरणों में रख दिया था।

'पिता श्री असुर कुल का पितृ और मातृ ऋण है मेरे ऊपर। यह मेरा सौभाग्य है कि मुझे आज उस ऋण का कुछ अंश चुकाने का अवसर मिला है। इस कटार से आपको बेधकर मैं अपना जीवन तो बचा लूँगी, सम्पूर्ण असुर कुल से किये गये विश्वासघात के पाप से कैसे बचाऊँगी स्वयं को? मैं भी अभी देवयानी के साथ ही प्रस्थान करूँगी पिता श्री।'

**वह काल-खण्ड दो बवंडरों के विलय का था। यह कहना दुष्कर था कि उस प्राकृतिक बवंडर की भीषणता अधिक थी या इसकी मगर यह सत्य था कि 'मैं' यानी हस्तिनापुर नरेश ययाति इतिहास की एक अनूठी घटना का प्रत्यक्षदर्शी था जिसने एक नये युग की नींव डाली थी। वह युग जिसकी कहानी की धुरी दो स्त्रियों के सापेक्ष घूम रही थी।**

वातावरण में एक विशेष सुगन्ध की अनुभूति हुई।

'यह तो अशोक के वृक्षों की मधुर गन्ध है अर्थात् हम यमुनालय के समीप पहुँच चुके हैं।'

सैन्य टुकड़ी के आगे-आगे चलते हुए महाराज ययाति की तन्द्रा अचानक ही भंग हुई थी।

घोड़े को जैसे मार्ग का ज्ञान था। वह स्वयं ही उन्हें उद्यान की

ओर ले आया था। माँ से मिलने कितनी बार आते रहे हैं वह इधर। हाँ, देवयानी के विवाह के बाद से यह पहला आगमन ही है।

जाने वह अशोक वृक्षों की सुगन्ध की माया थी या प्रकृति की गोद में पुलकित हो रहे हस्तिनापुर के इस भाग की मोहकता, यात्रा की थकान जाती रही थी। चित्त की विकलता को भी सम्भवतः उस उद्यान की शीतलता भली लग रही थी।

'आहा! कितना अलग प्रतीत हो रहा है यह अशोक वन आज! आमतौर पर जंगली बेलों में उलझे, शरारती बच्चों की बाँहों से शाख फैलाए दिखने वाले अशोक के वृक्ष आज किसी धुले–पुछे बालक की तरह सजे सँवरे हुए थे और प्रत्येक वृक्ष की घेराबन्दी में जुटे थे रंगीन पुष्पों से आलोड़ित पौध। उद्यान की कलात्मकता उसके वर्तमान संरक्षक की रुचि की कथा स्वयं कह रहे थे।

'अब तक राजकुमारी शर्मिष्ठा की कला–प्रियता की किंवदन्तियाँ सुनी थीं। आज देख भी लिया। क्या पता, कितना भीषण घाव हुआ था उन्हें उस दिन उस प्रस्तर के चुभने से। एक बार मिलना उचित रहेगा।'

घोड़े से उतरकर, सैन्य टुकड़ी को वहीं प्रतीक्षा करने की आज्ञा देकर ययाति पैदल ही आगे बढे। कुछ ही डेग नापे गये होंगे कि दृष्टि जैसे बँध गयी। इन्द्रधनुषी छटा वाले इस उद्यान में यह मेघ–सी केशराशि। काजल–सी काली केशराशि पर धूप इस प्रकार छटकती हुई कि दर्पण को भी उस परावर्तन से इर्ष्या हो जाये।

राज–प्रासाद के किसी कक्ष से निकलते हुए आपसी बातचीत में तल्लीन दो परिचारिकाओं द्वारा की जा रही राजकुमारी शर्मिष्ठा के सौन्दर्य की प्रशंसा उसके कानों में पड़ी थी।

कितने आश्चर्य की बात थी कि जिस स्त्री से वह हस्तिनापुर के किसी भी अन्य वासी से पहले मिला उसका मुख उसने आजतक नहीं देखा है। देवयानी के पाणिग्रहण के अतिरिक्त विवाह वाले दिन की कोई घटना उसकी स्मृति में ही कहाँ है। उस दिन वह आँखों के खुले होने के उपरान्त भी निश्चेष्ट था, जिसे बस इतना याद है कि

दो बाल सखियों की लड़ाई में एक पूरा कुल विनाश की विभीषिका से एकदम अन्तिम समय में बच पाया था। विजयी सखी को ऐश्वर्य हासिल हुआ था, और स्वयं को प्रस्तुत कर कुल बचा लेने वाली पराजित सखी को जीवनभर की दासता।

कहीं इस केशराशि की स्वामिनी राजकुमारी शर्मिष्ठा तो नहीं? अगर हाँ तो महाराज वृषपर्वा की इस अभागन पुत्री का अभिवादन करता चलूँ।

देवी! ययाति पुकारते हैं। चौंककर शर्मिष्ठा झटके से घूमती हैं। घूमने में बाल महाराज के मुख को छूते हुए निकल गये। शर्मिष्ठा सामने ऐसे खड़ीथी जैसे चाँद अभी बादलों की ओट से निकला है।

'देवी, इधर आया था तो सोचा आपसे मिलता चलूँ...'

कहते–कहते महाराज ठिठक गये। यह तय करना मुश्किल था कि किस ओर अपनी दृष्टि को केन्द्रित करें।

शर्मिष्ठा के मुख पर या उसकी कूची से उकेरे जा रहे चित्र पर?

शर्मिष्ठा की कूची ने जिसे चित्रित किया था वह उसकी आँखों के सामने खड़ा था। वही बाल–मुख, वही नयन, उन्नत भाल, भुजाओं के कटाव वैसे ही, उतना ही चौड़ा वक्ष, काँधे पर पीत उत्तरीय।

'मेरी उत्तरीय के छींट तक सदृश रच दिये हैं राजकुमारी शर्मिष्ठा ने। कितना सूक्ष्म अवलोकन है।'

'...परन्तु मेरा चित्र क्यों बना रही हैं राजकुमारी शर्मिष्ठा।'

यह विचार मात्र हृदय में कई तरह की तरंगें बिखेर गया था, जैसे लगातार उठते ज्वार–भाटों से झंकृत होता पूर्णिमा के दिन सागर। इस विशेष झंकार की तह में थीं अवचेतन में वर्षों से सुप्त बैठी कई इच्छाएँ, कई स्मृतियाँ।

हृदय से एक मूक पुकार उठी।

'शर्मिष्ठा!'

'आप कला की मर्मज्ञ भर नहीं हैं। आप हृदय की भाषा बूझना

भी जानती हैं। क्या ही ज्ञात होगा आपको कि वह चित्र वाला ययाति कितना भाग्यवान है। उसे आपका सान्निध्य प्राप्त है।

कितना विकल रहा है असल ययाति। घूँघट में छिपे आपके मुख की एक झलक पा जाने को व्यग्र। यह विचार भर कि उसके कक्ष में आपका आवागमन होता है, उसे उद्वेलित कर देता है। आकुल रहता है कि आपके घूँघट को झटके से पीछे कर दे। आपसे नेह जताये।

कहे कि मेरे लिए पान आप ही लगाया कीजिए कि आपके रचाए पान से मेरा मुख सबसे अधिक रचता है। बताये कि यह ययाति हर पल अपने आप को उस पल के लिए कोसता है कि वह उस पल मूर्तिवत क्यों खड़ा था जब देवयानी अपने पिता के तपोबल को आधार रखकर आपके साथ अपनी सारी इर्ष्या निकाल रही थी।

और कितना मूढ़ है यह ययाति कि अब भी उसके शब्द कम पड़ रहे हैं। आप सामने हैं फिर भी आपसे मूक संवाद कर रहा है...'

शब्दहीनता की उस स्थिति में नेत्र फूट पड़े थे। वर्षों का सिंचित प्रेम अश्रु–रूप में दृश्य हो गया था।

'महाराज!'

शर्मिष्ठा की जिह्वा जैसे वाक्य विन्यास करना भूल गयी थी। वह अचम्भित थी। शंकित थी और भयभीत भी...

यद्यपि आँसुओं की भाषा वह अच्छी तरह से पढ़ना जानती है। महाराज के नेत्रों के भाव को पढ़ना उचित होगा? क्या यह विश्वासघात नहीं होगा? उस वचन के प्रति विश्वासघात जो उसने अपने पिता वृषपर्वा को दिये थे। वह वचन जो किसी अदृश्य ऐंठी हुई रस्सी की तरह उसके समूचे जीवन पर लिपटा हुआ और जिसकी कमान का सिरा देवयानी के हाथ में था।

रात्रि का दूसरा पहर चल रहा होगा। कक्ष का इकलौता दीप पूरी ऊर्जा से टिमटिमाकर बुझने ही वाला था। आज नींद बड़ी व्याकुल है। अभी आयी नहीं थी कि अचानक आँखें खुल गयीं।

उसने लेटे–लेटे ही उस ययाति के चित्र की ओर देखा और चौंककर उठकर बैठ गयी।

'महाराज आप! आप वहाँ चित्र के पास क्या कर रहे हैं।'

कहते हुए उसने चारों ओर देखा था।

ययाति मुस्कुराते हुए उसके पास आये थे।

'चिन्ता न करें देवी। यहाँ कोई नहीं आ सकता। मैंने कक्ष के सभी द्वार अच्छी तरह से बन्द कर दिये हैं। बाहर आपकी अनन्य सखियाँ सो रही हैं।'

'आप यहाँ किस प्रकार आये? किसी ने आपको आते हुए नहीं देखा?'

ययाति उठे। कक्ष की एक दीवार पर लगे सोम वंश के आदमक़द स्मृति चिह्न को हटाया। वहाँ लगे पट को ढकेला। पट के हटते ही एक छोटा द्वार दिख गया था जिससे आसानी से आवागमन किया जा सकता था।

शर्मिष्ठा हतप्रभ थी।

'देवी, आप भूल रही हैं कि आपके यहाँ रहने से पहले यह मेरी माँ का विश्रामालय हुआ करता था। वह अक्सर ही राजकाज के कोलाहल से दूर यहाँ चिन्तन–मनन के लिए आती थीं और राजप्रासाद से अनुपस्थिति की सूचना से सबको वंचित रखने के लिए यहाँ से आया–जाया करती थीं।'

'इस समय आपका यहाँ होना उचित नहीं है महाराज।'

'मैं तो आपको धन्यवाद कहने आया था।'

'क्यों?'

'मेरा इतना सुन्दर चित्र बनाने के लिए। मैं कल इस चित्र को राज–सभा में पुरस्कृत करना चाहता हूँ।'

'नहीं! वह सम्भव नहीं... मैं आपको इस बात की अनुमति नहीं दे सकती।'

'मैं आपकी अनुमति लेने नहीं आया हूँ देवी। मैं बस आपको सूचना देने आया था।'

'ऐसा न करें महाराज! आप जानते हैं कि ऐसा होने से कितनी दुर्घटनाएँ घटेंगी। देवयानी मुझे कभी क्षमा नहीं करेगी। गुरु शुक्राचार्य मेरे पिता का वंश समूल नष्ट कर देंगे।'

शर्मिष्ठा के नेत्र डबडबा आये थे।

'देवी! आप यह सोचती हैं कि आपके इन जल–प्लावित नेत्रों को देखकर मैं किसी भी तरह की दया करूँगा तो यह किंचित आपकी भूल है। मैं निष्ठुर हूँ और अपने ध्येय को अवश्य पूरा करता हूँ। हस्तिनापुर के शासक के तौर पर अच्छी कला को प्रोत्साहन देना मेरा अविभाज्य ध्येय है और उसमें आपको बाधा नहीं बनने दूँगा।'

ययाति तनिक भी सुनने की मुद्रा में प्रतीत नहीं हो रहे थे।

शर्मिष्ठा मूक थी। श्रीहर अब किस बात से रुष्ट हो गये हैं जो इस तरह का दण्ड दे रहे हैं। सब तो ले लिया उसका, तत्पश्चात भी...

अब तक नेत्र में स्थिर जल अब लुढ़ककर गालों पर आ गये थे।

'मैं आपकी बात का मान रख सकता हूँ, अगर आप वचन दें कि आप मेरी दो शर्तों का मान रखेंगी।'

'एक तो आपने मेरे कक्ष में बिना मेरी अनुमति के प्रवेश किया और अब शर्तों से बींध रहे हैं। हाह! आप भी अपनी इच्छा पूरी कर लीजिए महाराज। इस शर्मिष्ठा के जीवन का उद्देश्य ही यही है कि वह निरन्तर किसी–न–किसी वचन से बँधी रहे। यूँ भी मैं तो आपकी दासी ही हुई। मेरे जीवन पर मेरा कौन–सा अधिकार है।'

क्रोधित–विचलित शर्मिष्ठा महाराज पर बरस पड़ना चाह रही थी, परन्तु अन्य अवसरों की तरह जिह्वा यहाँ भी साथ छोड़ गयी थी। थरथराते ओष्ठों से बस इतना निकला।

'कहिए महाराज'

'पहली शर्त कि आप मेरा प्रेम–निवेदन स्वीकार करेंगी।

दूसरी यह कि कभी मुझे स्वयं से दूर जाने को नहीं कहेंगी।'

अपनी बात समाप्त करते हुए उसका हाथ पकड़ने की चेष्टा की थी ययाति ने। शर्मिष्ठा छिटककर दूर जा खड़ी हुई थी। क्या स्पर्श था वह जैसे त्वरा समूचे शरीर में फैल गयी हो।

'महाराज! इन्हें निभाने का वचन कैसे दूँ मैं?'

विलगित होती साँसों को सँभालते हुए शर्मिष्ठा ने उत्तर दिया था।

'अपने प्रेम को स्वीकार करके दीजिए देवी। मुझे ज्ञात है कि आप भी मुझसे प्रेम करती हैं।'

'यह आप किस आधार पर कह सकते हैं कि मुझे आपसे प्रेम है? क्या मैंने कोई भी ऐसी भंगिमा की जिससे आपको इस बात का तनिक भी भान हो।'

'आपने उस चित्र में जिस तरह मुझे रचा था, वह सूक्ष्म अवलोकन विशुद्ध प्रेम है।'

'महाराज मैं कलाकार हूँ। अपनी हर विषय–वस्तु का उसी सूक्ष्मता से अवलोकन करती हूँ। मेरा और आपका सम्बन्ध केवल कलाकार और उसकी विषय–वस्तु का है, अथवा मैं आपकी धर्मपत्नी की परिचारिका हूँ। इसके अतिरिक्त कुछ भी नहीं।'

'मेरे लिए आप शर्मिष्ठा हैं। राजकुमारी शर्मिष्ठा। महाराज वृषपर्वा की अत्यन्त साहसी पुत्री शर्मिष्ठा। अति–कुशल कलाकार और विदुषी शर्मिष्ठा। अनिन्द्य सुन्दरी शर्मिष्ठा।'

'इन तथ्यों के साथ आप यह भूल गये राजन कि यह शर्मिष्ठा, जीवनपर्यन्त देवयानी की दासी बने रहने को वचनबद्ध है। एकाकी जीवन उसकी नियति है। प्रणय जैसे भाव नहीं।'

'देवी! इतना विषाद उचित नहीं!'

ययाति ने आगे बढ़ते हुए पुनश्च शर्मिष्ठा का हाथ थाम लिया था। शर्मिष्ठा ने हाथ छुड़ाने की चेष्टा की। ययाति ने मुस्कुराते हुए कहा–

'कोई प्रतिफल नहीं देवी। मैंने आपका पाणिग्रहण कर लिया है।'

शर्मिष्ठा चौंक गयी थी। उसने अपने और महाराज के हाथों की ओर देखा। उसका दाहिना हाथ महाराज के हाथों में था।

'विनोद छोड़िए महाराज। मैं देवयानी नहीं कि बिना रीत निभाये, देवों को प्रत्यक्षदर्शी माने अपने पाणिग्रहण पर सहमति दे दूँ।'

गहन अविश्वास में शर्मिष्ठा की रुष्टता बढ़ती जा रही थी और साथ ही शब्द–प्रहार की तीक्ष्णता भी।

'देखिए झरोखे से ध्रुव तारा दृष्टिगोचर हो रहा है, अभी मैं प्रतिज्ञा कर लेता हूँ।

गृभ्णामि ते सुप्रजास्त्वाय हस्तं मया पत्या जरदष्टिर्यथासः।
भगो अर्यमा सविता पुरन्धिर्मह्यांत्वादुःगार्हपत्याय देवाः॥

अब आप विधिवत मेरी वामांगी हुईं।'

शर्मिष्ठा दीवार से टिक गयी थी। मुख के भाव अति तीव्रता से बदल रहे थे।

'महाराज, मैं देवयानी को क्या उत्तर दूँगी'

'देवी, किसी को उत्तर देने की क्या आवश्यकता है?'

महाराज क्यों नहीं समझ रहे हैं मेरी वचनबद्धता को? किसी को भनक भी पड़ गयी तो मैं क्या मुख दिखाऊँगी समूचे असुर कुल को? पिता वृषपर्वा कितने लज्जित होंगे?

किन्तु यह कपटी हृदय क्यों विद्रोह करने पर तुला है? हाँ, ठीक है। इस पर ययाति का नाम तब ही अंकित हो गया था जब माँ ने पहली बार भावी दूल्हे के रूप में हस्तिनापुर के युवा नरेश की चर्चा की थी, पर इसे परिस्थितियों की विषमता समझनी चाहिए न। एक ओर महाराज हैं, दूसरी ओर यह विद्रोही हृदय। समस्त देव मेरी रक्षा करना। मेरे और महाराज के सम्बन्ध की मर्यादा रखना।

चन्द्र मुख पर चिन्ता की लहरियाँ ऊब–डूब ही रही थीं कि देह का रोम–रोम झंकृत हो उठा। कलाधर को अपलक देख रही चन्द्रमुखी को ययाति ने अपने प्रेमिल पाश में भर लिया था। यह कैसा स्पर्श था। अब तक तो बस हृदय विद्रोही हुआ था अब देह भी अनुशासनहीन हुई जा रही थी।

एक बार और देवों को पुकारा था शर्मिष्ठा ने, उत्तर ययाति के माध्यम से मिला था।

'शर्मिष्ठा!'

'आह! स्वर में भी मादकता होती है क्या? नहीं तो यह किस आसव के प्रभाव में डूब रही है वह।'

औचक ही यह कैसा ज्वर चढ़ आया था कि शरीर आकर्ण दहक रहा था।

आले पर रखे दीपक का घी द्रवीभूत होकर उस पर उतर रहा था अथवा उन पुष्ट बाहुओं के पाश में वह स्वयं तरल हुई जा रही थी।

इस तरलता में अन्वेषी हुई जा रही थी वह और अन्वेषण के लिए प्रस्तुत भी... शाब्दिक अभिव्यक्ति उन दुघर्ष क्षणों में विराम ले चुकी थी। ज्वार–भाटे से उठते–गिरते श्वास अपनी भाषा में हृदय की अवस्था–गाथा सुनाने को पर्याप्त थे।

मदिर चाँदनी ने झाँककर कक्ष में देखने की चेष्टा की थी और अपनी धृष्टता पर स्वयं लजाकर बादलों की ओट में छिप गयी थी।

बादलों ने अँधेरे का लाभ उठाया था, और तिमिर के परे देख सकने वाली अपनी क्षमता का भी।

भूमि के इस छोर से उस छोर तक पसरे शैय्या के एक कोने पर सफ़ेद कपोतों का एक युगल प्रेमलीन था। बाहु–पर एक–दूसरे से जकड़े हुए। एक के देह के सभी गर्त और शिखर, दूसरे के चौड़े, मज़बूत शरीर से मिलकर एकाकार होते हुए, जैसे कोई चपल निर्झरिणी सिन्धु से यकायक ही मिलकर सिन्धु–रंग हो गयी हो।

शुक्ल–पक्ष की उस प्रकाशमयी यामिनी को हस्तिनापुर में मधु वर्षा हुई थी। वह मधु–वृष्टि आगत वर्षों में प्रत्यक्षदर्शी बनने वाली थी सोम वंश के भविष्य को नयी दिशा देने वाले प्रतिमानों के गढ़न की।

छः माह बीतने को आये थे। कुछेक विरल अवसरों को छोड़कर महाराज लगभग हर रात्रि ही गुप्त–द्वार के रास्ते शर्मिष्ठा के कक्ष में उपस्थित होते। विगत दो माहों से शर्मिष्ठा रजस्वला नहीं हुई थी। उस दिन प्रातःकाल वमन भी हो आया था। श्रीहर की कृपा थी कि परिचारिकाओं ने किसी तरह की शंका नहीं जताई, पर क्या वह इसे सदैव ही छिपाकर रख सकती है?

आज नहीं तो कल सबको ज्ञात हो ही जायेगा कि उसके गर्भ में एक नवजीवन ने रूप ले लिया है। देवयानी को ज्ञात हो जायेगा!

देवयानी!

इन दिनों देवयानी के नाम का विचार मात्र शरीर को सिहरन से भर जा रहा था। क्या करेगी देवयानी अगर उसे भनक मात्र भी हो गयी कि शर्मिष्ठा के गर्भस्थ शिशु के पिता का नाम ययाति है।

ययाति, कितने विरोधाभास जुड़े थे इस नाम से। उसका डर और उसकी आश्वस्ति दोनों के मूल में यह नाम था।

उस रात्रि जब ययाति का आगमन हुआ था, उसने सहज ही अपने गर्भस्थ शिशु के भविष्य के विषय में पूछ लिया था।

'हमारी सन्तान पर हमें गर्व होगा शर्मिष्ठा' ययाति ने उसके उदर पर अपना हाथ रखते हुए कहा था।

'हमारी सन्तान!' न चाहते हुए भी व्यंग्य उभर आया था शर्मिष्ठा के प्रति–उत्तर में!

ययाति ने कोई प्रतिक्रिया नहीं दी थी। अगले माह परिचारिकाओं से शर्मिष्ठा को जानकारी मिली थी कि महारानी देवयानी छः मास के प्रवास के लिए उत्तर तीर्थ की ओर जा रही हैं। यह सूचना अचम्भित कर देने वाली थी। देवयानी का छः माह तक राजप्रासाद से दूर रहना लगभग असम्भव था, जिस पर उसने शर्मिष्ठा को भी साथ नहीं लिया था। जिस स्त्री को अपने दासत्व से बाँधे रखना ही देवयानी के महारानी होने की सफलता का सूचक था, उसे इतने दिनों की मुक्ति देना...

तभी किसी परिचारिका ने सूचित किया था। महारानी देवयानी देवी शर्मिष्ठा को भी साथ ले जाने को उत्कट थीं परन्तु किसी ने महाराज को उनसे कहते सुना था कि 'तीर्थ पर शर्मिष्ठा का मुख देखकर आप क्रोध में आयेंगी, जिससे तीर्थ के प्रतिफल का प्रभाव कम होगा।' सुनकर देवयानी ने तत्काल ही शर्मिष्ठा को साथ ले जाने का विचार त्याग दिया था।

शर्मिष्ठा के होंठों पर एक स्मित मुस्कान उभर आयी थी। वह ययाति के प्रति कृतज्ञता से भर उठी थी। उस दिन के व्यंग्य के लिए स्वयं को च्यूंटी भी काटी थी।

देखते–देखते पाँच महीने बीत गये। शर्मिष्ठा का निरन्तर बढ़ता उदर परिचारिकाओं को अचम्भे में डाल रहा था। निश्चिन्तता इस बात की थी कि देवयानी अगले कुछ महीने और नहीं आने वाली थी। वह दिन बाक़ी दिनों से अधिक सुन्दर था। प्रातःकाल उठते ही गर्भस्थ ने पहली हलचल की थी और पहर–दो पहर बीतते हुए उस तक सूचना पहुँची थी कि देवगुरु बृहस्पति के पुत्र कच का नगर में आगमन हो रहा है।

कच उसका प्रिय मित्र। जीवन के कितने सुन्दर क्षण थे वे। वह, देवयानी और कच तीनों तरुण थे तब। बचपन अभी बीता था और युवता पूरी तरह आयी नहीं थी, जीवन के उन अनुभवों में कितनी मिठास थी।

गुरु शुक्राचार्य के आश्रम में जब कच विद्याध्ययन को आया था, कितनी सहजता थी उसमें। कहाँ आश्रम के अन्य उत्पाती असुर विद्यार्थी और कहाँ बृहस्पति का पुत्र कच।

अपने घोर प्रतिस्पर्धी के पुत्र को शिक्षा देने की बात पर कितनी दुविधा में पड़ गये थे गुरु शुक्राचार्य। क्षणभर में कोई भी निर्णय कर लेने वाले गुरु शुक्र तीन दिवसों तक अपने कुटिया से निकले ही नहीं थे। इतने गुणवान तरुण को 'न' कहना उनसे सम्भव नहीं था और देवताओं के गुरु के पुत्र को अपनी समस्त विद्या दे देना असुरों से विश्वासघात होता।

कई दिनों के पश्चात् उस दिन वह आश्रम गयी थी। देवयानी ने आते ही उसका हाथ पकड़कर उससे पूछा था,

'तुमने देखा उस ऋषि कुमार को। पिताश्री से शिक्षा–अध्ययन को आया है। पिताश्री उससे मिल ही नहीं रहे, और उस सुकुमार ने भी संकल्प ले लिया है कि वह बिना उनसे मिले नहीं जायेगा। मना ही करना है तो पिताश्री उससे मिलकर मना करें।

शर्मिष्ठा, मैं बहुत व्याकुल हूँ। कितना सुन्दर है वह ब्राह्मण कुमार। उसे कुछ हो गया तो मेरा जी बहुत दुखेगा।'

'...परन्तु गुरुदेव उससे भेंट क्यों नहीं कर रहे? कितनी बार, कितने ही तरुणों को वह शिष्य मानने से मना कर चुके हैं।' स्पष्टवादिता के पर्यायवाची गुरु शुक्राचार्य का यह दुविधापूर्ण रूप देखकर मैं चकित थी। उत्तर देवयानी ने स्वयं दिया था।

'वह ब्राह्मणकुमार बृहस्पतिकुमार कच है। अत्यन्त मेधावी। पिताश्री के लिए उसे योग्यता के आधार पर मना करना दुरूह होगा और उसे शिक्षा देना असुरों से अविश्वास।'

'आह! पर असुर क्षत्रिय भी तो हैं। कोई याचक द्वार से लौट जाये, यह क्षत्रियत्व के अनुरूप नहीं होगा। मैं आज ही पिताश्री से अनुरोध करती हूँ कि वह गुरुदेव को कच को शिष्य मानने के लिए मना लें।'

'मैं जानती थी सखी। तुम ही कुछ कर सकती थी।'

कहते हुए कितनी मानुषी लग रही थी देवयानी उस दिन। आमतौर पर निस्पृहता से झाड़–खंखार उखाड़ती, चीटियों की बांबी में पानी डाल देने वाली, छोटे जानवरों के पीछे भागती देवयानी उस दिन अलग ही प्रतीत हो रही थी। काजल से भरी हुई आँखों की तरलता अब तक अचीन्ही रही थी। कितना दुलारने को जी चाह रहा उसे।

आश्रम लौटते ही पिता वृषपर्वा से मिलना हुआ था। उन्होंने जब सुना कि बृहस्पति कुमार भूख–प्यास से निढ़ाल आश्रम के द्वार पर पड़े हुए हैं, गुरु शुक्राचार्य अपनी कुटिया से निकल ही नहीं रहे हैं और उहापोह में कोई भी अन्य छात्र कच की ओर देख भी नहीं रहा, तो वे तुरन्त गुरुदेव से मिलने चले गये थे।

कितना अनुनय किया था गुरुदेव से कच को शिष्य रूप में स्वीकारने को। कुमार कच थे भी तो उतने ही प्रतिभाशाली। देवत्व को अगर मनुष्य रूप में देखा जाता वह एकदम कुमार कच सरीखा होता। जितना सुदर्शन व्यक्तित्व, उतनी ही गहन गुरु निष्ठा।

यह कुमार कच की योग्यता और मेधा ही थी कि जिस शिष्य को स्वीकारने से बच रहे थे गुरु शुक्राचार्य, वह कुछ ही पक्षों में सबसे प्रिय हो गया था।

कितने अलग थे कुमार कच अन्य छात्रों से। जहाँ अन्य छात्र आश्रम से बाहर निकलते ही उत्पाती हो जाते और कभी कभार आश्रम के पेड़ों पर आम–अमरुद की क(??) चाह में झिंझोड़ देते, कच पेड़–पौधों से भी दुलार करते। कभी किसी छायादार वृक्ष की क्यारी बनाकर पानी भर देना तो किसी पौध से कोमलता से रुग्ण पीले–पत्तों को छाँट देना।

याद नहीं कि कचदेव ने कभी कोई कच्चा फल वृक्ष से तोड़ा हो। उनका भोज्य वे ही फल होते थे जो स्वयं शाख से गिर जाते। इतने सरल शिष्य को पाकर गुरुदेव निहाल हो उठते।

देवयानी भी कितनी परिवर्तित हो गयी थी उन दिनों में। जटाओं में उलझे हुए बिखरे केश अलग सज्जाओं में सँवरने लगे थे। कभी

मन–भावन जूड़ा, कभी नितम्बों से नीचे जाती बलखाती वेणी। चोटी में गुँथे हरसिंगार के फूल। रात को हरसिंगार के नीचे लीप जाती कि शाख से गिरने वाले पुष्प मैले न हो जायें। सुबह उन पुष्पों को कचदेव की पूजा थाली में रख आती और बचे हुए पुष्पों को अपने केश में गूँथ लेती। उन पुष्पों से कितना सुन्दर मेल खाता उसका धवल वस्त्र।

शर्मिष्ठा कौतुक में देवयानी को निहारती रहती। क्या यह वही देवयानी थी जिसके भय से राज–उद्यान के पक्षी डर जाया करते थे? वह तो कोई वनचारी थी, अब जो थी वह वन–कन्या थी। वन–कुमारी जिसकी हथेलियों पर खग दाना चुगते, चारे के लोभ में शशक जिसके आगे–पीछे घूमते रहते।

कुमार कच निस्सन्देह कोई सम्मोहन कला जानते थे!

किन्तु कुमार कच का यही सम्मोहक व्यक्तित्व उनके लिए नित नये व्यवधान खड़ा करता जा रहा था। जितना गुरुदेव और गुरुपुत्री का प्रेम उनके प्रति बढ़ता जा रहा था, उतनी ही अन्य छात्रों की उनके प्रतिस्पर्धा भी।

कुमार कच के फलों की टोकड़ी को ग़ायब कर देना। भोग में राख मिला देना। युद्ध विद्या सीखते हुए धनुष की प्रत्यंचा काट देना। कुमार कच हर बार मुस्कुराते हुए बिगड़े हुए कार्यों को वापस सुधार लेते।

कच के प्रति विद्यार्थियों की दुर्भावना देवयानी से छिपी न रह पाती। वह अपनी ओर से हरसम्भव प्रयास करती कि बृहस्पति पुत्र को कोई भी कष्ट न हो।

दिन के प्रथम प्रहर से कचदेव गुरु कार्य के प्रति समर्पित हो जाते और ठीक उसी समय से देवयानी कच के कार्य को अपना मान लेतीं। कच गुरुदेव के लिए भोज्य बनाते, देवयानी कच के लिए पके मीठे फल चुनकर रखतीं।

कच गुरुदेव का आसन जमाते, देवयानी कच के बाहर निकलते ही चुपके से उनकी पर्णकुटी बुहार आती। कच गुरुदेव के श्लोक पाठ को तल्लीनता से सुनते, देवयानी मन्त्र–मुग्ध होकर कच के पाठ को सुनती।

देवयानी कच से प्रेम करने लगी थी। इस बात का भान न तो स्वयं उसे थे, न कचदेव को, परन्तु प्रीती यही तो होती है। 'स्व' को लील जाने वाली। देवयानी का 'स्व' भी कहीं खो गया था। अब जो था वह केवल 'कच' था और 'कच' के प्रेम में लीन देवयानी...

कितना रुचिकर था उस देवयानी को देखना। जैसे कोई यूथभ्रष्ट(कुलभ्रष्ट) योगिनी संसार में आ गयी हो और अपने आराध्य को सामने पाकर बाक़ी सब भूल गयी हो।

कितना मधुर हो उठा था सम्पूर्ण आश्रम का वातावरण, मानो तृण–तृण में देवयानी के प्रेम की सुगन्ध रच–बस गयी हो।

'देवी, कच को खिला लिया जो पक्षियों को खिलाने आयी हो।'

खगों को दाना खिलाते हुए हल्का–सा छेड़ा ही तो था देवयानी को। लाज से इतनी लाल हो गयी थी जैसे भोर की अरुणिमा उसके मुख पर पसर गयी हो।

इधर देवयानी की कच से प्रीति दिनानुदिन बढ़ती जा रही, उधर कच के लौटने के दिन निकट आते जा रहे थे। अन्य छात्र जिन विद्याओं में पारंगतता प्राप्त करने में वर्ष लगा देते थे, कच उन्हें वर्ष से कम अवधि में सीख चुके थे। इसके साथ ही बढ़ रहा था कच के प्रति अन्य विद्यार्थियों का द्वेष। कच की मेधा ही उसकी शत्रु बन बैठी थी।

गुरु शुक्र के छात्रों में सबसे अधिक असुर तरुण ही थे। पिता महाराज ने स्वयं गुरु शुक्र से अनुरोध किया था कि वह कच को शिक्षा दें, तत्पश्चात् भी इन तरुणों से कच को सहन करना दूभर हो रहा था।

श्रीहर ही जानें वह कौन–सी घड़ी रही होगी जब उन तरुणों ने समस्त बालपन भुलाकर कच के भोज्य में विष दे दिया होगा।

कितना अपशगुनी दृश्य था वह। देवयानी के नेत्रों से अश्रुधार थम ही नहीं रहे थे। पिता महाराज अपराधी की तरह सर झुकाये खड़े थे। गुरु शुक्राचार्य किसी साधना में लीन थे। मैं देवयानी को चुप कराने के सारे प्रयत्न कर चुकी थी, मगर वह किसी भी तरह से मान नहीं रही थी। उसे एक पल भी अकेले छोड़ने का अर्थ था कि वह अपना जीवन नष्ट कर लेगी। अब केवल गुरुदेव का ही भरोसा

था, परन्तु साधना पूरी कर उनके कुटिया से बाहर निकलने में अभी बहुत समय था।

देवयानी और कच को लेकर हम सबकी चिन्ताएँ बढ़ती जा रही थीं कि अचानक चमत्कार हुआ। गुरुदेव अपनी साधना नियत समय से बहुत पहले पूर्ण करके बाहर निकल आये थे। निकलते ही उन्होंने कचदेव को पुकारा था, मगर कच के स्थान पर उत्तर देवयानी की हिचकियों ने दिया था।

कच का मृत शरीर!

देखकर पहली बार गुरुदेव भी लड़खड़ा गये। किन्तु शीघ्र ही उन्होंने स्वयं को सँभाला, कमण्डल के जल को अंजुरी में भरकर जाप किया, कच पर छिड़का और कुछ ही पलों में कुमार कच उठकर बैठ गये। गुरुदेव की संजीवनी विद्या पहली बार देव–पक्ष के किसी व्यक्ति के काम आयी थी। वह संजीवनी विद्या जिसे प्राप्त करने हेतु कच शत्रुओं की इस नगरी में पग–पग मृत्यु की धमक के पश्चात् भी रुके हुए थे। कच के इस सम्पूर्ण दुस्साहस को साथ मिला था देवयानी के निःस्वार्थ प्रेम का। कच पर आने वाली हर विपत्ति के समक्ष वह प्रस्तर भीत की तरह अडिग खड़ी हो जाती, किन्तु विपत्तियाँ भी कम होने का नाम कहाँ ले रही थीं।

कच एक के पश्चात् एक विद्याएँ सीखते जा रहे थे और असुर तरुण दिन पर दिन उद्दण्ड होते जा रहे थे। युवता से ठीक नीचे की वयस वाले इन तरुणों को किसी दण्ड के घेरे में लाना असम्भव ही था। उनके सारे कलुषित कार्य बाल्यावस्था के पीछे छिप जाते, और फिर कोई प्रत्यक्षदर्शी भी तो नहीं मिलता जो उनके विरुद्ध कह सके। इन समस्त उलझनों का भार कच के जीवन के ऊपर आता।

जब उन असुर तरुणों को इस बात का पूर्ण भान हो गया कि देवयानी के होते हुए कच का जीवन लेना असम्भव है, उन्होंने अलग ही कुचक्र रचा।

इस बार उन्होंने कच के केवल प्राण ही नहीं हरे थे, अपितु कुछ दुर्घर्ष किया था...

वर्ष का वह माह रिक्त मास था, जो हर तीन वर्षों के बाद एक बार अपनी उपस्थिति पा लेता था। इस दौरान गुरु शुक्र किसी भी तरह की साधना नहीं करते थे। जब गुरुदेव साधना नहीं कर रहे होते, जंगल के किसी वृक्ष के नीचे मदिरा की सुराही लेकर बैठे होते। यह जगत व्याप्त था कि गुरु शुक्र मदिरा के अति–व्यसनी थे। लोक उनके द्वारा असुर कुल का गुरुपद स्वीकारने के पीछे के कई कारणों में एक कारण उनकी मदिरा के प्रति घोर आसक्ति भी मानता है।

उस दिन भी वह भोर के पूरी तरह बीतने से पहले ही अपनी सुराही लेकर जंगल में जा बैठे थे कि तरुण असुरों के एक दल ने उन्हें घेर लिया। वे अपने साथ गुरुदेव हेतु विशेष मदिरा लेकर आये थे। मटमैले रंग की इस मदिरा का स्वाद बहुत अलग था पर इस मदिरा में ओज बहुत था। गुरुदेव ने झटके में सुराही भर मदिरा पी ली और अपनी कुटी में विश्राम हेतु चले गये।

मदिरा का ओज उतरने के बाद गुरुदेव ने अपने प्रिय शिष्य को पुकारा था। देवयानी अरुण के अस्ताचल होने के पहले से ही कच को ढूँढ़ रही थी और उनका कहीं पता नहीं चल रहा था।

जब सभी यत्नों के बाद भी कच आश्रम के प्रांगण अथवा उसके समीप न मिले तो देवयानी चिन्तित हो उठी थी। कहीं पुनः इन असुर तरुणों ने कुछ अशुभ तो नहीं कर दिया कच के साथ। देवी ने पिता से मनुहार किया कि वह कच का नाम लेकर संजीवनी का प्रयोग करे। गुरुदेव ने कमण्डल के जल को हाथ में लेकर मन्त्र का अभि–उच्चारण किया ही था कि कच के एकदम मद्धिम स्वर की प्रतीति हुई।

'गुरुदेव!'

'कहाँ हो पुत्र कच?'

'यह कोई नितान्त ही अपरिचित जगह है। चिपचिपी पर मुलायम शाखों वाले किसी वृक्ष का कोटर है सम्भवतः।'

'बाहर निकलने का रास्ता ढूँढो पुत्र।'

'यहाँ कहीं प्रकाश नहीं है गुरुवर, बाहर निकलने का मार्ग किस प्रकार ढूँढ़ूँ...'

कच के इस उत्तर के साथ ही गुरुदेव चकित हो गये थे। ऐसा प्रतीत हुआ था जैसे कच के स्वर उनके अन्तस से निकल रहे हों।

उन्हें दोपहर के भोजन की विशेष मदिरा का ध्यान हो आया! थोड़ी अलग थी वह मदिरा। ऐसा लग रहा था जैसे किसी ने उसमें मिट्टी या क्षार घोल दिया हो।

'क्षार!' कहीं उन दुष्टों ने कच को ही तो नहीं...

गुरुदेव का सबसे भीषण डर सत्य सिद्ध हो गया था। उन्हें हर पल कच के जीवन को लेकर अंदेशा था। संजीवनी होने के पश्चात् भी मृत्यु उन्हें सामने आकर डरा रही थी।

उन्होंने अपनी शंका के समाधान के लिए कच से पूछा था,

'क्या तुम्हारे आस–पास का द्रव अम्लीय है। क्या तुम्हें उस द्रव की तपिश निरन्तर बढ़ती हुई प्रतीत हो रही है?'

कच स्वयं भी द्रव की इस प्रकृति से अचम्भित थे। उनके उत्तर ने गुरुदेव की आशंका को सत्य में परिणत कर दिया था। कच उनके उदर में थे।

देवयानी इस पूरे घटनाक्रम को चकित भाव से देख रही थी।

'पुत्री, बड़ी विषम परिस्थिति आ गयी है। भूलवश मैं मदिरा के साथ कच का क्षार रूप में पान कर गया। अब कच मेरे उदर में जीवित है। अब दो ही उपाय हैं। प्रथम यह कि कच मेरे उदर को भग्न कर बाहर आ जाये, उस परिस्थिति में मैं प्राण उत्सर्जित कर दूँगा अथवा मेरे आमाशयी अम्ल कच का पाचन कर लेंगे, उस परिस्थिति में कच नहीं होगा। पुत्री मैं क्या करूँ? मुझे तुम ही कोई मार्ग दिखाओ।' कहते हुए शुक्राचार्य फूट पड़े थे।

'पिताश्री, अगर आप कचदेव को संजीवनी विद्या दे दें तो?' देवयानी की दृढ़ता उसके शब्दों में प्रत्यक्ष थी।

'संजीवनी विद्या? वह कैसे सम्भव है?' गुरु शुक्राचार्य इस उत्तर के लिए प्रस्तुत नहीं थे।

'क्यों पिताश्री? क्यों नहीं सम्भव है? गुरु अपने सबसे योग्य शिष्य को अपनी सबसे अमूल्य निधि सौंपता है। आप स्वयं भी जानते हैं कि

कच आपके सभी शिष्यों में सबसे योग्य हैं। संजीवनी जैसी सुन्दर विद्या उनके अतिरिक्त कोई और नहीं सहेज सकता।'

देवयानी ने पिता और प्रेम दोनों में किसी एक को चुनने के विकल्प को बड़ी दृढ़ता से हटा दिया था।

'यह क्या कह रही हो पुत्री? कच को संजीवनी देना! अर्थात् उस अमूल्य निधि को देवताओं को सौंप देना जिसे मैंने इतने वर्षों की कठिन साधना से प्राप्त किया था।'

'पिताश्री, ब्रह्मदेव ने यह विद्या आपको देते हुए आपसे यह भी तो कहा था कि इसका उपयोग लोकोपचार में होना चाहिए। कच से अधिक लोकसेवा को तत्पर कौन होगा पिताश्री?'

गुरु शुक्र उत्तरहीन हो गये थे।

'यह कैसी दुविधा महाप्रभो! कच को खोना गुरु के रूप में अपना सबसे अमूल्य अंग खोना है और संजीवनी का ज्ञान उसे देना देवताओं पर उपकार करना है, परन्तु देवयानी की प्रसन्नता भी तो कच के साथ जुड़ी हुई है।'

दुविधा का वह पल गुरु, पिता और स्वामिभक्त ऋषि के अन्तर्द्वन्द्व का पल भी था जिसमें निश्चित तौर पर गुरु और पिता का पलड़ा भारी रहा था।

शुक्राचार्य ने अपने उदर में विराजमान कच को संजीवनी का गूढ़ ज्ञान दे देने का निश्चय कर लिया था। संजीवनी प्राप्त करते ही कच गुरु के आदेशानुसार उनका उदर भग्न करके बाहर आ गये थे और आते ही अपनी विद्या के उपयोग से गुरु को जीवित कर दिया था।

कच की समस्त विद्याएँ पूर्ण हो चुकी थीं। विद्यार्जन पूर्ण होने के पश्चात् उन्हें नियमतः अपने लोक वापस लौटना था। आवश्यक था कि उससे पहले देवयानी अपने हृदय की बात से उन्हें अवगत करवा दे।

कच के प्रस्थान से ठीक एक दिन पूर्व, कच, शर्मिष्ठा और देवयानी वनभोज को गये थे। देवयानी ने उसी क्रम में कच से पूछा था,

'पुनः कब आना होगा?'

'जब भी गुरु शुक्राचार्य को शिष्य कच की आवश्यकता होगी। 'कच ने सरल जवाब दिया था।

'और मुझे लिवाने?'

'आप देवलोक के भ्रमण पर कभी भी आ सकती हैं देवी देवयानी। मैं आपका सत्कार करने का सौभाग्य अवश्य प्राप्त करना चाहूँगा।'

'मैं अतिथि की तरह नहीं आना चाहती कचदेव। मुझे आपसे प्रेम है। मैं आपकी वामांगी के रूप में देवलोक जाना चाहती हूँ।' देवयानी ने स्त्रीगत समस्त नियमों को झटके में उखाड़ फेंका था। वनचारी जानती थी कि आज नहीं तो पुनः यह अवसर प्राप्त नहीं होगा।

'देवी! यह क्या कह रही हैं आप। आप मेरी भगिनी हैं। आप मेरे गुरु की पुत्री हैं। आपका और मेरा विवाह सम्भव नहीं।' कहते हुए कचदेव ने हाथ जोड़ लिए थे।

'...परन्तु कचदेव गुरु की पुत्री भगिनी हो यह आवश्यक तो नहीं। ऐसा ही होता तो ब्रह्मर्षि वशिष्ठ अपने गुरु ऋषि कर्दम की कन्या अरुन्धति से विवाह नहीं करते।' देवयानी ने कच को लगभग निरुत्तर कर दिया था।

'देवी मेरा दूसरा जन्म गुरु शुक्राचार्य के उदर से हुआ है, जो आपके पिता हैं। इस नाते भी आप मेरी भगिनी हुईं। मुझे क्षमा कीजिएगा।' कच कहते हुए अपनी कमण्डली उठाकर आश्रम की ओर लौट पड़े थे।

देवयानी वहीं एक एक लता पकड़कर बैठ गयी थी। उसकी वेणी के पुष्प भी उदास होकर झड़ पड़े थे। धवल वस्त्र का तेज़ स्वयंमेव ही विलुप्त हो गया था। ऐसा प्रतीत हो रहा जैसे देवयानी के आस–पास की सम्पूर्ण प्रकृति उसके वियोग में उसके साथ हो गयी है।

बड़ी कठिनाई से शर्मिष्ठा देवयानी को आश्रम आने के लिए मना पायी थी। आते ही वह अपनी कुटिया में बन्द हो गयी थी।

अगले भोर को कचदेव स्वयं उससे विदा माँगने गये थे। द्वार के निरन्तर खटखटाये जाने पर भी द्वार नहीं खुला तो कचदेव ने शर्मिष्ठा से ही देवयानी के हिस्से की विदा भी माँगी थी।

'अपनी सखी से कहिएगा देवी शर्मिष्ठा कि एक पल को भी मुझे भान होता कि देवी देवयानी की मेरे प्रति प्रीती है, मैं उनसे तब ही अपने भाव स्पष्ट कर देता। अज्ञानता में मैंने अक्षम्य अपराध किया है। उनसे कहिएगा कि हो सके तो मुझे क्षमा कर दें...'

कहकर चले गये थे कच।

देवयानी ने तमाम मनुहारों के बाद सात दिन के उपरान्त द्वार खोला था। शरीर हड्डियों का ढाँचा भर बचा था। होंठों पर पपड़ियाँ जम रही थीं। केश रूखे होकर बिखरे हुए थे।

'देवी!' इतना भर तो कह पायी थी शर्मिष्ठा कि उसके नेत्र आश्चर्य से विस्फारित हो गये थे।

देवयानी उस कृशकाय अवस्था में एक लता को खींच रही थी। उस लता की धृष्टता इतनी भर थी कि पर्णकुटी की छत से होते हुए वह द्वारमुख पर लटकने लगी थी। ज्यों ही देवयानी ने द्वार खोला, लता उससे छू गयी थी।

शर्मिष्ठा भागकर देवयानी के पास आयी थी।

'छोड़ो देवी। मेरे साथ चलो। पिता महाराज ने तुम्हारे लिए इत्र मँगवाया है। उन्होंने राजउद्यान में हमारे लिए उत्सव रखा है।'

अचानक शान्त हो गयी थी देवयानी। उसका मन बहलाने का एकमात्र उपाय यह बचा था कि कुछ दिवसों के लिए उसका प्रवास बदला जाये। राजउद्यान से देवी को लगाव था। वहाँ का प्रवास उसके चित्त पर मरहम का काम कर सकता था।'

'किस ध्यान में हैं देवी शर्मिष्ठा?'

यह स्वर तो कचदेव का है! वे यहाँ कहाँ।

स्मृतियों में लुप्त शर्मिष्ठा की तन्द्रा उस चिर–परिचित स्वर से औचक ही भंग हुई थी।

'कचदेव! आप स्वयं यहाँ तक आ गये। मुझे आदेश दिया होता!' शर्मिष्ठा अचकचा कर खड़ी होने लगी।

'बैठी रहिए देवी। अपनी सखी को क्योंकर कष्ट देता देवी? अभी महाराज ययाति से ज्ञात हुआ कि आप इसी उद्यान में हैं तो मैं स्वयं को रोक नहीं पाया।' कचदेव वहीं शर्मिष्ठा के बगल वाले आसन पर बैठ गये थे।

'आपका प्रवास कहाँ है कचदेव?'

'आपके बिल्कुल निकट, यहीं यमुना वन में।'

'...परन्तु आप महाराज के बाल–सखा हैं। आपको राजप्रासाद में होना चाहिए था कचदेव।' महाराज के सबसे प्रिय मित्र का राजकीय आतिथ्य में न होना शर्मिष्ठा को विस्मय में डाल रहा था।'

'होना तो आपको भी राजप्रासाद में ही चाहिए था देवी।'

कहकर कच ने शर्मिष्ठा के मुख की ओर देखा था। शर्मिष्ठा ने नेत्र झुका लिए थे।

'हम वनवासी ऋषियों को राजकीय सुख भोग का जितना हो सके उतना त्याग करना चाहिए देवी। इसी कारणवश महाराज के निरन्तर अनुरोध के पश्चात् भी मैंने यमुना वन में ठहरना ही स्वीकार किया, 'कचदेव ने अपनी बात स्पष्ट की।

'देवी, मेरे यहाँ आने का एक प्रयोजन और भी था।'

वह क्या देव?

'मुझे ज्ञात हुआ कि देवयानी ने महाराज वृषपर्वा से तीन वचन लिए थे। उन वचनों का बोझ आप वहन कर रही हैं।'

'न कचदेव! मैं पिता महाराज द्वारा दिये गये वचनों का बोझ नहीं वहन कर रही। अपने अपराधों का पश्चाताप कर रही हूँ।'

'देवी शर्मिष्ठा! आपकी मित्रता का मैं पूर्व से ही प्रशंसक रहा हूँ। मुझे ज्ञात है कि दुखी होने के उपरान्त भी देवी देवयानी के असम्मान में एक शब्द नहीं कहेंगी।

मैं आप सखियों के मध्य और विभेद उत्पन्न करने नहीं आया हूँ। एक रहस्य था जो मेरे हृदय में गाँठ की भाँति चुभ रहा था। देवी की अनुमति हो तो उनसे व्यक्त करूँ?'

'कचदेव! हमारी मित्रता किशोरावस्था से है। इतनी पुरानी मित्रता

का यह लाभ तो मुझे मिलना ही चाहिए कि आपके और मेरे मध्य अनुमति लेकर वार्तालाप करने की व्यावहारिकता का लोप हो जाना चाहिए।'

'देवी! मैं आपकी इस अवस्था का दोषी स्वयं को मानता हूँ।'

'वह कैसे कचदेव?' कचदेव का स्वयं को दोषी कहना शर्मिष्ठा को अचम्भित कर गया था। अपने बाल–सखा के बारे में वह इतना तो अवश्य जानती थी कि कच निरुद्देश्य कोई भी बात नहीं कहते।

'देवी, यह मेरा कृत्य था जिसका प्रतिफल आप भुगत रही हैं। उस दिन वनभोज से लौटने के उपरान्त जब आप राजभवन के लिए प्रस्थान कर चुकी थीं, देवी देवयानी मेरी कुटी तक आयी थीं। मैं कुटी में विश्राम कर रहा था। उनका स्वर सुनते ही मैं उठ खड़ा हुआ था। उनकी अवस्था ठीक नहीं लग रही थी। बाल और वस्त्र दोनों अव्यवस्थित थे। उन्हें देखते ही मैंने उनसे आने का प्रयोजन पूछा और गुरु द्वार तक साथ चलने का प्रस्ताव भी रखा।'

'देवयानी ने उस दिन अपने कक्ष का द्वार खोला था?' शर्मिष्ठा के लिए अचम्भे की परतें खुल रही थीं।

'हाँ! देवी। देवी देवयानी ने पुनः अपना प्रस्ताव मेरे सम्मुख रखा था।'

'और आपने पुनः उसके प्रेम को अस्वीकार कर दिया था कचदेव।' शर्मिष्ठा के मुख पर पीड़ा की लहर उतर आयी थी।

'वह प्रस्ताव कहीं से भी स्वीकार्य नहीं हो सकता था देवी शर्मिष्ठा। न मेरी प्रतिष्ठा हेतु, न देवयानी की प्रतिष्ठा हेतु।' शर्मिष्ठा की पीड़ा संक्रामक होकर कचदेव के मुख पर भी उतर आयी थी।

'ऐसा क्या प्रस्ताव था कचदेव? प्रेम–निवेदन कब से किसी की प्रतिष्ठा के लिए घातक हो गया है?' शर्मिष्ठा की उत्कण्ठा चरम पर थी। साथ–ही–साथ यह समझना भी दूभर था कि बृहस्पति कुमार जैसे सुलझे हुए व्यक्ति को प्रेम–निवेदन से इतनी आपत्ति क्यों हो सकती है!

'मुझे क्षमा कीजियेगा देवी। सरल प्रेम–निवेदन होता तो शायद उसकी विभीषिका इतनी तीव्र नहीं होती। मैंने अभी उतनी सहजता प्राप्त नहीं की है कि उस रात्रि के घटनाक्रम को स्वर दे पाऊँ। आपसे केवल इतना कहना है कि उस दिन क्रोध में मैंने देवी देवयानी को

शाप दे दिया था कि कोई भी ब्राह्मण–कुमार उनका वरण नहीं करेगा।

'यह मेरे शाप का ही दोष है कि जिन ययाति को केवल आपका होना चाहिए था, वह सांसारिक रूप में देवी देवयानी के हैं।' कचदेव के मुख पर उपस्थित पीड़ा अब अश्रुधार का रूप ले चुकी थी।

'आह! कचदेव... इसमें किंचित भी आपका दोष नहीं। यह अवश्य हुआ था कि प्रेम–विमुख होने के पश्चात् देवयानी की किसी भी सरस भाव के प्रति निस्पृहता बढ़ गयी थी, वह प्रारम्भ से ही तनिक अलग स्वभाव की थी।

हाँ! यह सत्य है कि बाल्यावस्था से ही हम सखियाँ थीं, परन्तु हम प्रतियोगिनी भी थीं। हम दोनों में एक–दूसरे से आगे निकलने की सदैव होड़ रही थी।

यह मान लीजिए कचदेव कि उस दिन हमारे भाग्य के बीच प्रतियोगिता थी, जिसमें जीत देवयानी की हुई थी।' शर्मिष्ठा ने अपनी पीड़ाओं को अपने अन्तस में समेटते हुए कच की पीड़ा को कम करने का प्रयास किया था।

'देवी, आपके पिता के राज्य में गुरु शुक्र की छत्रछाया में विद्या–अध्ययन करते हुए मैंने सदैव आप में भगिनी का रूप देखा। आज मैं कामना करता हूँ कि अगर मैंने कभी गृहस्थ जीवन को चुना तो ईश्वर मुझे आप जैसी पुत्री से अनुगृहीत करे। असुर कुल बहुत सौभाग्यशाली है कि उसे राजकुमारी शर्मिष्ठा पुत्री रूप में प्राप्त हुईं, जिन्होंने माता की तरह समूचे कुल को जीवनदान दिया।'

'मुझे विदा कीजिए, भगिनी। आपका यह भ्राता आपकी हर इच्छा का दास है।'

कच शर्मिष्ठा के पाँव पर झुक गये थे।

विदा की इस वेला के लिए शर्मिष्ठा के पास शब्द नहीं बचे थे।

शर्मिष्ठा के गर्भ के नौ मास पूरे हो चुके थे। देवयानी के तीर्थ की अवधि भी पूर्ण हो चुकी थी। क्या संयोग था वह कि उधर हस्तिनापुर

की महारानी तीर्थ से लौटी थीं, और इधर शर्मिष्ठा के गर्भ से ययाति पुत्र का पदार्पण हुआ था।

शर्मिष्ठा के पुत्र–रत्न होने की सूचना राजमाता को भी मिली थी। वह महारानी के तीर्थ से लौटने का उत्सव छोड़कर नवजात को अशीसने यमुनालय में आ गयी थीं।

शर्मिष्ठा के पुत्रवती होने और राजमाता के इस उपलक्ष्य में यमुनालय आगमन की सूचना महारानी देवयानी तक भी पहुँची थी।

अगले ही दिन देवयानी यमुनालय आ पहुँची।

'बधाई हो शर्मिष्ठा तुम्हें पुत्र–रत्न की प्राप्ति हुई। बड़ी सौभाग्यवती हो।' देवयानी ने छूटते ही कहा था।

'देवी देवयानी भी तो परम सौभाग्यवती हैं। तीन–तीन बार मातृत्व का सुख ले चुकी हैं।'

'हाँ, मैं तो अवश्य ही सौभाग्यशालिनी हूँ। मेरे पुत्र हस्तिनापुर के राजकुमार हैं। महा–पराक्रमी महाराज ययाति के पुत्र हैं। यह बताओ कि बिना विवाह के तुमने कैसे मातृत्व प्राप्त किया?'

'इसे किसी देवपुरुष का वरदान मानिए महारानी।'

'सुना है कि कचदेव आये थे तुमसे मिलने। कहीं यह उनका वरदान तो नहीं। राजमाता भी आशीष देने आयीं थीं तुम्हें। सुना है मैंने कि कचदेव से अपने पुत्र की तरह प्रेम करती हैं राजमाता। यह आशीष वह अवश्य ही अपने पौत्र को देने आयी थीं।' देवयानी के व्यंग्य तीखे होते जा रहे थे।

'देवयानी!' कचदेव का नाम सुनते ही शर्मिष्ठा का क्रोध भड़क उठा था और यह प्रखर स्वर में विरोध के रूप में सामने आया था।

किन्तु तुरंत ही शर्मिष्ठा को अपनी भूल का भास भी हो गया था।

'क्षमा करें महारानी देवयानी। कचदेव मेरे भ्राता समान हैं और उनका आगमन आपके प्रस्थान के बाद हुआ था। आप सम्भवतः छः मास हेतु तीर्थ पर गयी थीं।'

'क्षमा तो तुम्हें कर देती शर्मिष्ठा मैं। तुम्हारी हर त्रुटि के लिए। तुम्हारे प्रत्येक अपराध के लिए। तुम अगर मेरी बाल सखी नहीं होती तो हस्तिनापुर की महारानी का नाम अपनी जिह्वा पर लाने के लिए मैं तुम्हारी जिह्वा खिंचवा लेती।

तुम्हें मैं कचदेव के साथ मिलकर मेरे प्रति षड्यन्त्र रचने के अपराध में भी क्षमा कर देती, परन्तु मैं यह नहीं चाहती कि मेरी इस दयाधार्मिता का दोष हस्तिनापुर के राजपरिवार को लगे।

मैं नहीं चाहती कि कल को मेरे बालक उन किंवदन्तियों के साथ बड़े हों कि उनके आरक्षित महल की एक परिचारिका इतनी कलंकिनी थी कि बिना विवाह के उसने मातृत्व प्राप्त कर लिया।

मैं एक असुर–कन्या की चरित्रहीनता का भुक्तभोगी सम्पूर्ण हस्तिनापुर को नहीं बनाना चाहती। अपने साथ आयी एक दासी के कुकर्मों की छाया हस्तिनापुर की प्रतिष्ठा पर नहीं पड़ने देना चाहती। इस प्रकार के कुकर्म तुम्हारे यहाँ आम होंगे। यह प्रदेश शुचिता का है।' देवयानी के मुख से झड़े एक–एक शब्द किसी विष बुझे तीर की नोक जितने पैने थे।

'अति–उत्तम महारानी देवयानी। आप अपनी प्रसन्नता से हस्तिनापुर की प्रतिष्ठा को अक्षुण्ण रखें पर मेरे जिस प्रदेश को आप इतने कुवचन कह रही हैं, वह आपका भी मायका है। मेरे पुत्र के पिता कौन हैं इससे आपको चिन्तित होने की आवश्यकता नहीं, उसकी माता मैं हूँ। इतनी सूचना आपके लिए पर्याप्त हैं।'

देवयानी को सुनते हुए शर्मिष्ठा के लिए स्वयं पर नियन्त्रण रखना दुरूह हो गया था। शर्मिष्ठा का प्रत्युत्तर सुनते ही देवयानी अपना आपा खो बैठी थी। उसने देवयानी को उसके दुधमुँहे समेत बालों से खींचकर यमुनालय के द्वार से बाहर खड़ा कर दिया था।

'यूँ तो मैं तुझे तेरे पिता के पास भिजवा देती, परन्तु तेरी इस काली जिह्वा को अब मैं एक पल भी स्वीकार नहीं कर सकती। जा कलंकिनी, मैंने तुझे अपने परिचारिका होने के भार से मुक्त किया। अब जाकर जहाँ मरना है मर, इस नगर में न दिखना मुझे।'

शर्मिष्ठा को बाहर निकालते हुए देवयानी ने इतनी ऊँचे स्वर में उसे कोसा था कि सभी प्रहरियों की दृष्टि शर्मिष्ठा पर ठहर गयी थी।

अपमान और लज्जा के कड़वेपन में शर्मिष्ठा बालक को गोद में सँभाले तीर की तरह पहले यमुनालय के प्रांगण और तत्पश्चात् अशोक वन की सीमाओं से बाहर हो गयी थी।

यह सूचना द्युति की भाँति महाराज तक भी पहुँची थी। महाराज भागते हुए देवयानी के पास आये थे। देवयानी ताम्बुल चबाते हुए अपनी शैय्या पर बैठे हुए अपनी परिचारिकाओं का नृत्याभ्यास देख रही थी।

'देवयानी! इतनी निष्ठुर कैसे हो सकती हैं आप? उधर देवी शर्मिष्ठा जाने कहाँ–कहाँ भटक रही होंगी, इधर आप अपने रसरंजन में व्यस्त हैं।' देवयानी के मुख पर की शान्ति महाराज ययाति को चुभ गयी थी।

'आह! महाराज पधारिये। देखिए ये परिचारिकाएँ कितना सुन्दर नृत्य कर रही हैं, और आप व्यर्थ ही एक कलंकिनी दासी के लिए चिन्तित हुए जा रहे हैं।' देवयानी ने महाराज का हाथ पकड़कर उन्हें शैय्या पर बिठाने का प्रयास करते हुए कहा था।

'आप स्त्री हैं या आसुरी देवयानी? देवी शर्मिष्ठा में तो ऐसी प्रकृति नहीं थी, प्रतीत होता है प्रकृति ने वह सब आप में उड़ेल दिया है। आप कैसे इस प्रकार निश्चिन्त होकर नृत्य देख सकती हैं? राजकुमारी शर्मिष्ठा केवल दासी नहीं थीं, आपकी बाल–सखी भी थीं।' ययाति ने क्रोध में अपना हाथ झटकते हुए देवयानी को उत्तर दिया था।

'वाह! महाराज। प्रथम उस धृष्टा ने मेरा अपमान किया और अब आप कर रहे हैं। आप उस कलंकिनी की इतनी चिन्ता क्यों कर रहे हैं? बाल–सखी तो वह मेरी थी न?' कहते हुए देवयानी ने ययाति को घेरने की कोशिश की थी।

'क्या कहना चाहती हैं आप? स्पष्ट कहिए देवयानी।' ययाति

के मुख पर क्रोध की भृकुटियों के साथ–साथ चिन्ता की रेखाएँ भी प्रतिबिम्बित होने लगी थीं।

'इतने सहज होने की चेष्टा न कीजिए महाराज। मैं, आपकी और राजमाता, दोनों की उस क्षत्रिय कुमारी के प्रति प्रीति से भली–भाँति अवगत हूँ। मुझे भली–भाँति ज्ञात है कि आपने मुझे उत्तर तीर्थ क्यों भेजा था? दासियों ने मुझे बता दिया है कि रात्रिकाल में शर्मिष्ठा के कक्ष में पुरुष पदचाप सुनाई दे जाता था, किन्तु कभी किसी ने किसी पुरुष को आते–जाते नहीं देखा।

महाराज इस पूरे प्रदेश को आपके अतिरिक्त और कौन जानता है। वैसे, अब कोई चिन्ता का विषय नहीं। अब न तो आपकी प्रीती बचेगी न उसका चिह्न।' कहते–कहते देवयानी का मुख वक्र हो उठा था और व्यंग्य की एक भीषण मुस्कराहट वहाँ खेलने लगी थी।

महाराज ययाति का क्रोध फट पड़ने को आतुर था। वह उसी क्षण देवयानी की गर्दन दबाकर उसकी ईहलीला समाप्त कर देना चाहते थे परन्तु समय की माँग यह थी कि शर्मिष्ठा को देवयानी के षड्यन्त्र से बचाया जाये।

'आह! देवयानी तुमने पुनः दर्शा दिया कि तुम वही देवयानी हो जिसे अपने अतिरिक्त कुछ और नहीं दृष्टिगोचर होता। वही देवयानी हो जिसे औरों को कष्ट देकर उन्माद की सीमा तक की प्रसन्नता प्राप्त होती थी।

ठीक कहती थीं मेरी सखियाँ, तुम उस स्नेह के लायक ही नहीं जो मैंने तुम्हें दिया। दायित्व पिता महाराज का बनता था तुम्हारे प्रति कि अपने विशिष्ट गुरु की पुत्री का ध्यान रखें, परन्तु मैंने सदैव आगे बढ़कर यह भार अपने ऊपर लिया।

तुम्हें सहोदर बहन की तरह साथ रखा। तुमसे अपनी समस्त वस्तुएँ और बातें साझा की। हर बार जब तुमने मेरी वस्तुओं पर

अनाधिकृत अधिकार जमाया, मैंने हृदय बड़ा कर उसे तुम्हें सौंप दिया और हर बार तुमने मुझसे द्वेष ही दिखाया।

कचदेव के मुख से उनके द्वारा तुम्हें श्राप दिये जाने की बात सुनकर तुम्हारे प्रति कितने नेह से भर उठा था मेरा मन, स्वयं के प्रति ग्लानि भी हुई थी कि तुम्हारे पति के साथ क्यों गमन किया मैंने! तुम्हारी समस्त घृणा और क्रोध का मूल जानकर तुम्हें क्षमा कर दिया था मैंने। पूरे मन से तुम्हारा दासत्व स्वीकारने की भूमिका में आ गयी थी मैं।

मैंने तो निश्चय कर लिया था कि कभी अपने पुत्र को नहीं बताऊँगी कि उसके पिता हस्तिनापुर के सम्राट ययाति हैं, चाहे इस हेतु मुझे कितनी लांछना क्यों न सुननी पड़े।

मैं तुम्हें और कष्ट नहीं देना चाहती थी। मैं अपने भ्राता कचदेव के कारण तुम्हें प्राप्त हुए दुखों का पश्चाताप करना चाहती थी, परन्तु तुम?

तुमने मेरे भ्राता के साथ ही मेरा नाम कलुषित कर दिया। गणित से तुम हमेशा भागती रही हो, परन्तु इतना तो तुम्हारी बुद्धि में अवश्य आया होगा कि छः मास में कोई भी स्त्री किसी स्वस्थ बच्चे को जन्म नहीं दे सकती।

तुम किसी का भी नाम ले लेती देवयानी परन्तु कचदेव का? प्रेम किया था न तुमने कचदेव से? यह कैसा प्रेम कि तुम उसी को कलंकित करने लगी? यह कैसा प्रेम कि तुम अपने प्रेम तक का सम्मान नहीं कर पायी, अगर मित्रता का सम्मान नहीं करना जानती थी तो?

प्रेम क्या होता है? वह मैं तुम्हें दिखाऊँगी। जीवित रही तो महाराज ययाति की प्रतिष्ठा पर आँच नहीं आने दूँगी। मैं ही नहीं मेरा बालक भी बिना किसी लोभ के अपने पिता को समर्पित होगा।

अब इस अपराध पर तुम मुझे अपनी कोठरी के द्वार पर झूलती निर्दोष लता की तरह नोंच–खसोट दो, तोड़ डालो अथवा उसे कमल–दल की मूल की तरह जीवनहीन कर दो, जिसका अपराध केवल यह था कि तुम्हारे तैरने के मार्ग में आ गया था। हालाँकि वह

बात और है कि कमल दल के आस–पास तैरना निषिद्ध था फिर भी तुम वहाँ जल क्रीड़ा करने गयी थी।

सुन्दर सुनहली धूप वाला वसंत का दिन था न वह देवयानी! तुम अपनी कोठरी में बैठी हुई थी। मैं नगर के बाहर वाले जलाशय में जल–क्रीड़ा को जा रही थी तो सोचा कि तुम्हें साथ ले चलूँ। सम्भवतः परिवर्तित वातावरण तुम्हारे नैराश्य पर औषध का काम करे, यह मेरी एकमात्र भावना थी।

जलाशय पहुँचकर पानी में कूदे ही थे हम कि तुमने बिना मेरा मन्तव्य लिए घोषणा कर दी कि मेरे और तुम्हारे बीच तैराकी की प्रतियोगिता होगी।

कहाँ से इतना प्रतियोगी भाव लाती हो देवयानी कि उस अवस्था में भी जब मैं तुम्हारे हृदय को शीतलता पहुँचाने के रास्ते ढूँढ़ रही थी, तुम्हें एक अनुपयोगी प्रतियोगिता की पड़ी थी।

मेरे मना करने पर भी तुम नहीं मानी थी। तुम्हारी हठ पर मैंने भी तैरना स्वीकार कर लिया था। तैरने का नियम होता है देवयानी कि धार के साथ चलते हुए अपनी ऊर्जा को बचाकर रखा जाये ताकि धार के विरुद्ध लौटते हुए अतिरिक्त परेशानी न हो।

यह बात कितनी ही बार तुम्हें और मुझे सिखायी गयी थी, परन्तु किसी भी पाठ पर कब तुमने ध्यान केन्द्रित किया था। गुरुकुल में तुम चिड़ियों और गिलहरियों पर कंकड़ फेंका करती और तैराकी की कक्षा में मछलियों को जाल में फँसाने के प्रयास।

हुआ यह कि तुम धार के साथ द्रुत गति से तैरते हुए बहुत आगे निकल गयी और लौटने में तुम्हारी ऊर्जा समाप्त हो गयी, जबकि मैं बिना किसी असुविधा के लौट रही थी।

मुझे आगे बढ़ते देखकर तुमने कमल–दल के निकट से निकलते हुए, किनारे तक पहुँचने का छोटा मार्ग चुना था और तुम कमल के पुष्पों में उलझकर अपनी गति फिर खो चुकी थी, जब तक मैं तुम्हें देखती मैं किनारे पहुँच चुकी थी।

मेरा किनारे पहुँचना था कि तुम्हारे क्रोध की सीमा न रही।

तुमने कमल के एक–एक पुष्प को मूल से विलगित कर दिया था। वह जलाशय जिसकी शोभा ही वे रक्तिम पुष्प थे, उनकी पंखुड़ियों के रंग में स्नात होकर अपना दुःख दिखा रहा था।

तुम्हारे बाहर आते ही सखियों में से किसी ने विनोद किया था तुमसे।

'देवी देवयानी, क्रोध को इतना क्यों सर चढ़ाना कि वे किसी के नाश का कारण बन जायें।'

हाँ, उस सखी ने थोड़ी धृष्टता की थी। तुमसे यह भी कहा था कि प्रतियोगिता को यूँ जीवन–मृत्यु का प्रश्न नहीं बनाना चाहिए।

कौन–सी बुरी बात कही थी? क्या सखियों के मध्य इतना विनोद भी नहीं सम्भव?

कितने कुवचन कहे थे उस बिचारी को तुमने। समस्त गालियाँ और फिर वह तुर्रा कि 'आसुरी की सखी, आसुरी।'

तुम्हें तनिक भी याद हो तो मेरी समस्त सखियों में सबसे अधिक हिंसक तुम थी। उसका वह कटाक्ष भी निरीह कमल पुष्पों पर तुम्हारी हिंसा को साक्षात देने के बाद ही उत्पन्न हुआ था।

सम्भवतः श्रीहर भी तुम्हारी उस हिंसा को देखकर कुपित हो गये थे। क्या भीषण आँधी–बारिश आयी थी। ऐसा घटाटोप! ईश्वर, इससे पूर्व मैंने नहीं देखा था। हमारे वस्त्र उड़ने लगे थे। जिसके हाथ में जो आया वह उठा लिया था हमने।

तुम यूँ तो धवल वल्कल धारण किया करती थी न, उस दिन रक्तामबरी लेकर कैसे आयी थी? कितना ही विकट संयोग था वह। उष्ण दिनों की गर्मी से त्रस्त होकर उस दिन मैंने रेशमी वस्त्रों की जगह टेसू के साधारण वस्त्र चुने थे।

प्रकृति की भयावहता से आक्रान्त परिचारिका ने हड़बड़ाहट में मेरे वस्त्र तुम्हें और तुम्हारे वस्त्र मुझे दे दिये थे। इससे पहले कि मदालस पवन मेरे वस्त्रों को उड़ा ले जाये, मैंने जो भी मेरे हाथ में था उसे अतिशीघ्र धारण कर लिया था। मेरे अंगों पर अपने वस्त्र देखते ही किस तरह विफर पड़ी थी तुम।

"शर्मिष्ठा, ब्राह्मण कुमारी जैसी प्रतिष्ठा पाने का दिवा–स्वप्न देखना छोड़ दे आसुरी। मेरे वस्त्र उतार। मेरे वस्त्रों को पहनकर ऋषि कुमारों को मोहना चाहती है दुष्टा! मेरी दिवंगत माँ के दिये हुए वस्त्र तूने धारण करने के विषय में सोचा भी कैसे? ओ आसुरी, तुझे ज्ञात भी है कि यह वस्त्र स्वयं इन्द्र पत्नी शचि ने माँ को उपहार में दिया था। पतित असुर इसे स्पर्श करने के योग्य भी नहीं!"

मेरी आत्मा तक काँप गयी थी तुम्हारे उन वचनों से। मेरी प्रतिष्ठा तुमसे कब कम थी देवयानी? मैं इतनी कब लोलुप हुई कि वस्त्र और आभूषण से किसी को मोहने जाऊँगी? मेरी यौनिकता इतनी उद्वेलित कभी नहीं रही। तुमने केवल मुझे ही बुरा–भला नहीं कहा था, मेरे पिता की गरिमा पर भी प्रहार किया था। सम्पूर्ण असुर कुल को उन देवों के समक्ष न्यून कर दिया था जो कभी किसी प्रकार से असुरों के समक्ष खड़े न हो पाये। मैं अपना अपमान एक पल को सह भी लेती किन्तु मेरे पिता और भाइयों का अपमान। यह असह्य था मेरे लिए!

मुझे क्रोध आ गया था तुम्हारे उन कुवचनों पर। उसी क्रोध में मैंने तुमसे कहा था, "देवयानी तुम भूल रही हो कि किससे बात कर रही हो। तुम महाराज वृषपर्वा के राज्य की आम निवासिनी हो और मैं स्वामिनी। अपनी सीमाओं को मत लाँघो।"

मैं जानती हूँ कि मेरे द्वारा कहे गये शब्द उचित नहीं थे, परन्तु वह केवल प्रतिक्रिया थी जो तुम्हारे द्वारा किये जा रहे मेरे सतत अपमान से उभरे थे।

तुम्हें जब भी मौक़ा मिलता मेरे कुल और मेरे चरित्र पर लाँछन लगाना प्रारम्भ कर देती। मैं कब तक सब सहती रहती। फूट पड़ा था मेरे क्रोध का ज्वार उस दिन।

तुम्हें कहाँ स्मरण होंगी ये चीज़ें। तुम्हारी स्मृति में यह भी नहीं होगा कि मेरे उत्तर देने के साथ ही तुम रोती हुई आश्रम की दिशा में भागी थी।

मुझे लगा था कि गुरुदेव तुम्हें इस तरह देखेंगे तो और दुखी हो

जायेंगे, यह उनके स्वास्थ्य के लिए तनिक भी उचित नहीं होगा। अतः मैं तुम्हारे पीछे भागी थी। वह कुसंयोग था अथवा विधि का लेखन, तुम मुझे उस अन्धे कूप के कल पर मिली थी।

मैंने तुम्हारा हाथ पकड़कर नीचे उठाने का प्रयास किया था परन्तु तुमने मुझे ही धक्का देकर भूमि पर गिरा दिया था। मैं उठकर खड़ी हुई तो तुम मेरी ओर इस तरह देख रही थी जैसे थोड़ी देर पहले तुमने उस कमल–दल को देखा था। तुम्हारी उस दृष्टि पर मैंने तुमसे पूछा भी था कि तुम अचानक विक्षिप्तों की तरह व्यवहार क्यों कर रही हो और उसके बाद तुम मुझ पर लपकी थी। मैं तुम्हारे प्रहार से बचने के लिए अपनी जगह से हट गयी थी और यह मेरा दुर्भाग्य था कि मेरे ठीक पीछे कुएँ का मुहाना था। मैं जब तक सँभालती तुम कुएँ में गिर चुकी थी।

उस कुसमय में मेरे पास कोई लम्बा वस्त्र भी नहीं था जिसका एक शिरा तुम्हें पकड़ाकर मैं तुम्हें ऊपर खींच लेती। कितना अनुनय किया था तुमसे मैंने। देवयानी रुष्ट मत होना, मैं अभी पिता महाराज को सूचना देती हूँ। सैनिकों को भेजती हूँ कि वे तुम्हें सकुशल ले जायें।

...किन्तु तुम? तुम्हें तो महाराज ययाति के रूप में अवसर प्राप्त हुआ था मेरे प्रति जीवनभर की ईर्ष्या निकाल लेने का। कितनी चालाकी से सम्पूर्ण परिदृश्य ही परिवर्तित कर दिया था तुमने देवयानी। वह अपराध जो तुमने वास्तव में मेरे प्रति किया था उसका दोष तुमने कितनी सुविधा से मुझ पर मढ़ दिया था।

'मेरा पूरा जीवन कलुषित करने की कारक तुम रही देवयानी और आज पुनः तुमने...'

'महारानी शर्मिष्ठा!' यह किसी पुरुष का स्वर था।

'हस्तिनापुर की सीमाओं के बाहर किसे मेरा नाम मालूम है और यह कैसा विचित्र सम्बोधन है? बालक को गोद में उठाये हस्तिनापुर की सीमा के बाहर पथरीले रास्ते पर विचारों में मग्न अपनी रौ में बढ़ती जा रही शर्मिष्ठा चौंककर स्वर की दिशा में पलटी ही थी कि एक रथ सामने आकर रुका।

'उत्तानपाद आप?' महाराज ययाति के सबसे प्रिय सारथि और मित्र उत्तानपाद सम्मुख थे।

'क्या महाराज ने मुझे लिवाने को भेजा है? मैं जानती थी पुरु, तेरे पिता मुझसे अति–प्रेम करते हैं। वे हम दोनों को देवयानी के कोप से बचा लेंगे।' शर्मिष्ठा के स्वर में जग भर का आह्लाद उतर आया था।

'क्षमा कीजिये महारानी। आपका नगर में जाना सुरक्षा की दृष्टि से उचित नहीं है। महाराज ने मुझे आदेश दिया है कि आपको उत्तर भूमि के वन की ओर ले चलूँ, जिस ओर ऋषि कच का आश्रम है।' उत्तानपाद ने यह आदेश शर्मिष्ठा को सुनाते हुए अवश्य अपनी जिह्वा दांतों तले कूच ली होगी।

'मैं भी कैसे बालिका हो जाती हूँ। मैंने कैसे सोच लिया कि देवयानी के वहाँ होते हुए महाराज मुझे बुला सकते हैं। गुरु शुक्र के श्राप का भय इस तीनों लोक में व्याप्त है। उनके जामाता को कैसे नहीं होगा।'

विदीर्ण हृदय के साथ शर्मिष्ठा रथ पर आरूढ़ हो गयी थी। घोड़ों की हिनहिनाहट माँ की गोद में चिपटे नन्हे पुरु की बुभुक्षामय क्रन्दन के साथ मिल गयी थी। बच्चे को तृप्त करने में व्यस्त नव–माता की चेतना तब लौटी थी जब रथ झटके से रुका था।

'देवी, हस्तिनापुर यहाँ से चालीस–पैंतालीस योजन पीछे छूट गया है। अब आप सुरक्षित हैं। कुछ दूरी पर ही उत्तर दिशा में कच ऋषि का आश्रम है। पौ फटने ही वाली है। मेरा साथ यहीं तक का था। महाराज के आदेशानुसार, मुझे लौटना होगा। आपसे अनुरोध है कि उत्तर दिशा की ओर प्रस्थान करें। आपके और राजकुमार के लिए वही उत्तम होगा।'

उत्तानपाद ने शर्मिष्ठा की चरणधूलि ली थी। पल में दक्षिण की ओर जाता रथ धूल की लहरों में लुप्त हो गया था। उन उड़ते हुए धूल–कणों को पुरु को गोद में लिए हुए शर्मिष्ठा ने नमन किया था। यह हस्तिनापुर को उस मानिनी राजकुमारी की अन्तिम विदा थी।

# कच का आलाप

गल्प का एक अंश बीत चुका है। इस अंश का प्रमुख अपराधी कोई है तो वह मैं हूँ। हाँ! देवयानी ने वे तमाम कर्म किये हैं जो एक अपराधिनी के होते हैं, परन्तु कालान्तर में यह समस्त दोष मेरे सर लिखा जायेगा। मैं इस बात को चाह कर भी नकार नहीं पा रहा हूँ। क्या यह स्त्रियोन्मुख समाज मुझे सुनना भी चाहेगा?

कथा तो मेरी भी कम दुखद नहीं है। मैं बृहस्पति का पुत्र हूँ। महान ऋषि बृहस्पति। देवताओं के गुरु बृहस्पति, जिन्होंने देवगुरु का पद ऋषि शुक्राचार्य को पराजित करके प्राप्त किया था। उस ऋषि शुक्राचार्य को जो उनसे हर कला, हर विद्या में सदैव बेहतर रहे। जिनकी कान्ति की समूचे ब्रह्माण्ड में कोई तुलना नहीं थी। उन्होंने उस शुक्राचार्य की जगह देवगुरु का पद प्राप्त किया था और हार के उद्वेलन में शुक्राचार्य ने असुरों का गुरु बनना स्वीकार कर लिया था।

यह मेरे पिता और गुरु शुक्र के बीच की निरन्तर चलती आ रही प्रतियोगिता का नव आरम्भ था। पिताश्री जहाँ देवलोक की समस्याओं में उलझकर नवीन सिद्धियों को प्राप्त करना भूल गये थे, गुरु शुक्र अपनी श्रेष्ठता सिद्ध करने को एक–से–एक कला में सिद्धहस्त होते जा रहे थे और इसी प्रक्रिया में उन्होंने सबसे प्रमुख संजीवनी विद्या प्राप्त कर ली थी।

आह! कितना विकट दिन था वह। सभा में इन्द्र ने उन्हें लगभग अपमानित करते हुए कहा था 'गुरुदेव हम सोचते थे आप गुरु शुक्र से श्रेष्ठ हैं, परन्तु अब भान हो रहा है कि हमसे परखने में भूल हो गयी।'

लज्जित पिता घर लौटे थे। माँ वहाँ उनका धीरज बँधाने को नहीं होती तो वह अपनी इहलीला ही समाप्त कर बैठते।

'आप यूँ क्यों परेशान होते हैं। क्या इन्द्र यह नहीं देखते कि उन्होंने किस तरह सारा कार्यभार आप पर दे रखा है।' माँ आवेशित हो गयी थीं उनकी यह दशा देखकर।

'देवी, मैं इन्द्रदेव पर सारा दोष नहीं दे सकता। देवताओं की समृद्धि और वृद्धि के लिए यह आवश्यक है कि मेरी सिद्धियों का विस्तार हो।' पिताश्री ने माँ को समझाने की चेष्टा की थी।

'ऐसा है तो, क्या आपके वन--गमन के अतिरिक्त कोई और मार्ग नहीं है आपकी सिद्धियों के विस्तार का?' माँ की चिन्ता स्वाभाविक थी।

'हाँ, एक मार्ग है। कच को शुक्राचार्य से उत्तम ऋषि बनकर दिखाना होगा। उसे वे समस्त सिद्धियाँ प्राप्त करनी होंगी जो शुक्राचार्य के पास है।' पिताश्री ने माँ को एकमात्र उपलब्ध मार्ग बता दिया था।

'हाँ! करेगा न हमारा कच। शुक्राचार्य को हराकर आयेगा।' माँ ने भी पिताश्री से सहमति जता दी थी।

बाल कच से किसी ने नहीं पूछा था कि उसकी इच्छा क्या है? वह युद्ध विद्या सीखना चाहता भी है या नहीं? उसके कला प्रेम का क्या होगा, इसकी तनिक भी चिन्ता किसी को नहीं थी।

महत्त्वाकांक्षाओं की गठरी उसके सर पर लाद दी गयी थी, जिसे उसे उठाना ही था। यह उसके सन्तान होने का परम धर्म था।

उन दिनों, जब अन्य बालक तितलियों के पीछे भाग रहे होते थे, मैं किसी निर्जन में बैठा अपनी साधना में रमा होता कि मुझे सिद्धियों में सर्वश्रेष्ठ बनना था।

मेरे बालपन के दिन, जिन्हें पुष्पों के मध्य बीतते हुए उनकी सुगन्ध में स्नात होना था, वे हवन–कुण्ड में आहूत हुए अविधा की गन्ध में आपादमस्तक सराबोर थे।

सिद्धियों की अभिष्टि में सांसारिकता भी केवल पुस्तकों के माध्यम से मुझ तक आ पायी थी, व्यवहारिकता के अवसर के पट तक न खुले थे।

गुरुकुल से लौटने के तुरन्त पश्चात् पिताश्री ने मुझसे कहा था असुर लोक की ओर प्रस्थान करने को। उन्होंने मेरे उड़ान की न्यूनतम ऊँचाई तय कर रखी थी। किसी भी कारणवश मैं गुरु शुक्र से अधिक विद्याएँ प्राप्त नहीं कर सका तो उन जितनी सिद्धियों का स्वामी बनना ही था। अतः आवश्यक था कि मैं गुरु शुक्राचार्य से विद्या प्राप्त करने जाऊँ। उनका प्रिय शिष्य बनकर उनकी समस्त कलाएँ सीख लूँ। विशेषतः संजीवनी।

मेरे प्रस्थान की सूचना देवराज इन्द्र को भी मिली थी। निकलने से ठीक पहले उनका ऐरावत बृहस्पति आश्रम के सम्मुख आकर रुका था। मेरा आलिंगन करते हुए देवराज इन्द्र ने धीमे से मेरे कानों में कहा था, 'शुक्राचार्य को प्रसन्न करने का एक ही तरीका है, उनकी पुत्री देवयानी। उसे रिझा लेना। संजीवनी हमारी।'

तत्पश्चात अंक से अलग करते हुए उन्मादी स्वर में 'विजयी भव' का आशीर्वाद दिया था।

मैं हतप्रभ था!

शत्रुओं के उस गेह में जहाँ मृत्यु प्रति क्षण मेरी प्रतीक्षा में होगी, यह कैसी शुभेच्छा है और एक स्त्री को वस्तु की तरह माध्यम बनाकर विजय की कितनी विचित्र अभिलाषा!

अपने समस्त पुस्तकीय ज्ञान और सांसारिकता के शून्य व्यवहारिक अनुभव के साथ मैंने गुरु शुक्राचार्य के आश्रम में प्रवेश किया था।

कितने विलगित प्रकृति के थे गुरु शुक्र। अपनी ही साधना में रत, बिना किसी होड़ के नवीन प्रयोगों के सहारे नये अन्वेषण में जुटे हुए।

मैं धन्य–धन्य हो उठा था कि ऐसे गुरु का सान्निध्य मिला है। मैं उन्हें अपने बुद्धि चातुर्य से प्रसन्न करने की चेष्टा करता रहा। मेरी चेष्टाएँ फलीभूत भी होती रहीं सम्भवतः।

हर बार जब असुरों ने मेरा अनिष्ट करना चाहा, गुरुदेव ने समस्त सीमाओं के परे जाकर मेरी रक्षा की।

मुझे ज्ञात है कि गुरुदेव का मेरे प्रति असीम स्नेह का एक कारक देवयानी भी थी। उसने सदैव मेरे प्रति सुन्दर व्यवहार रखा। उसके सौम्य व्यवहार को देखकर कई बार मैं विचार–मग्न हो जाता कि लोग व्यर्थ ही उसके रूखे होने की बातें करते हैं।

वह भी उतनी ही सहज और शालीन है जितनी महाराज वृषपर्वा की पुत्री शर्मिष्ठा।

मुझे देवयानी अच्छी लगती थी, परन्तु मैं जब भी उससे वार्तालाप करने का विचार करता, इन्द्रदेव के स्वर मेरे कानों में गूँजने लगते।

मैं अपने ऊपर उसके द्वारा की गयी कृपाओं का धन्यवाद भी नहीं कह पाता।

'क्या मैं इतना योग्य नहीं कि संजीवनी विद्या अपने बल पर प्राप्त कर पाऊँ? किसी स्त्री को माध्यम बनाकर उसका अपने लाभ के लिए उपयोग करना न कभी शास्त्र–सम्मत था, न होगा। कुछ भी जिसका शास्त्रों ने निषेध किया वह बृहस्पति कुमार कभी नहीं करेगा। इसका प्रतिफल उसके जीवन का अन्त ही क्यों न हो।'

मैंने देवराज इन्द्र की एक कलुषित योजना से स्वयं को सुरक्षित कर लिया था, पर किसी अन्य जन्म का कोई अपराध मुझ पर अवश्य भारी हो गया था।

गुरु आश्रम से विदा पाने से ठीक पहले वाले दिन वह प्रथम अवसर था जब आश्रम के अन्य तरुणों के साथ घुलने–मिलने की मैंने चेष्टा की थी। हम गुरु आश्रम से बाहर निकलकर वन में कुछ पल व्यतीत करने वाले थे।

गुरु आश्रम के पेड़–पौधे तो मेरी निगरानी में थे पर आश्रम के बाहर अपनी ही अल्हड़ता में विस्तृत जंगली वृक्ष एवं लतिकाओं का सौंदर्य अलग ही था। वसन्त में पुष्पित उनकी तरुणाई, जैसे देवयानी आश्रम से खेलते हुए बाहर निकल आयी हो और अपनी ओढ़नी से पूरा वन ढक दिया हो।

प्रथमशः ही मेरे नेत्रों ने इस जग के सौन्दर्य का इस प्रकार पान किया था। विद्याओं के अलावा भी कुछ रुचिकर है, यह जानकर मेरे हृदय को क्या तुष्टित अनुभूति हुई थी।

पहली बार मैं अपने ही उपमानों पर विस्मृत रह गया था! प्रकृति के अनुपम रूप का पान करते हुए मैं आगे बढ़ ही रहा था कि मुझे देवी देवयानी दिखी थीं। सिटपिटा गया था मैं कि कहीं उन्हें मेरे विचार ज्ञात तो नहीं हो गये।

मेरे विस्मय की यात्रा अभी प्रारम्भ ही हुई थी, जिसे पराकाष्ठा पर स्वयं देवी देवयानी ने पहुँचाया था। देवी ने बड़े सरल शब्दों में मुझसे विवाह की इच्छा व्यक्त की थी।

देवयानी का यह अप्रत्याशित प्रेम–निवेदन मेरे लिए किसी भी तरह से स्वीकार्य नहीं था। मैंने सदैव उनसे अधिकतम दूरी बनाये रखने का पूर्ण प्रयास किया था। महादेव ही जानें, इसके पश्चात् भी क्यों गुरुपुत्री को भ्रम हुआ कि मैं उनसे प्रेम करता हूँ।

ऐसा प्रतीत हो रहा था जैसे देवराज इन्द्र स्वयं देवयानी की जिह्वा पर उतर आये हों और मेरे साथ एक अभद्र विनोद कर रहे हों। मैं किसी भी तरह इस विनोद का विषय नहीं बनना चाहता था और देवयानी तो यों भी मेरे गुरु की पुत्री थी। मेरी धर्म–भगिनी। उसके साथ की गयी किसी भी तरह की वंचना पर क्या मुझे इतिहास क्षमा कर पाता? क्या मैं अपने साथ ऋषिकुल की प्रतिष्ठा भी दाँव पर नहीं लगा देता?

मैंने देवी देवयानी को अपने तर्कों से सन्तुष्ट करने की चेष्टा की थी। उन्हें स्पष्ट रूप से बता दिया था कि उनके निवेदन को स्वीकार कर पाना असम्भव होगा।

मुझे आभास हुआ था कि आश्रम लौट जाना इस परिस्थिति में किसी भी अन्य कार्य से अधिक श्रेयस्कर होगा... किन्तु देवाधिदेव सम्भवतः मुझे और परखना चाह रहे थे।

रात्रि वेला में किसी ने मुझे पुकारा था। पर्णकुटी के बाहर देवयानी खड़ी थीं, इस अवस्था में जैसे कई माह से अस्वस्थ हों। उनकी अवस्था देखकर मैं किंकर्तव्यविमूढ़ हो गया था।

देवयानी ने पुनः प्रेम का निवेदन किया था और मैंने पुनः अस्वीकृत कर दिया था। उन्होंने मेरे समक्ष केवल एक रात्रि के लिए प्रेमी की भूमिका निभाने का प्रस्ताव रखा था। मैं देवयानी के प्रेम की गहनता को समझ पाने में विफल, असीम विस्मय में बसा हुआ एक असांसारिक तरुण था।

वह विस्मित तरुण नहीं जानता था कि 'निरन्तर असंगत निवेदन' पर प्रतिक्रियाहीन हो जाना सबसे सुन्दर प्रतिक्रिया होती। अपने मूल्यों की सुरक्षा को लेकर भयाक्रान्त उस तरुण को बचाव का इकलौता मार्ग यह दिख रहा था 'क्रोध'।

देवयानी भी कहाँ समझ रही थी। कैसा असंगत हठ था वह। और मेरे अस्वीकार पर मेरे कुल को अपने पिता के सम्मुख क्षुद्र घोषित करना। यह सब अनसुना कर दिया था मैंने, तब देवयानी ने मेरे पुरुषत्व को कोसा था। ऐसा प्रतीत हुआ था जैसे उसने किसी अत्यन्त जटिल धमनी को पकड़कर खींच दिया हो और मेरी समूची देह पीड़ा घुले रोष से लहरा उठी हो।

मैं देवयानी को पौरुष का असल अर्थ समझाना चाह रहा था। बताना चाह रहा था कि पुरुष स्त्री को अपनी कामनाओं का माध्यम नहीं बनाते, उन्हें किसी कामिनी की कमनीयता को अस्वीकृत करना भी आता है।

और अपनी न्यून व्यवहारिक समझ के साथ स्वयं यह समझने में विफल था कि मैंने अस्वीकार करते हुए भी अपनी कामनाएँ देवयानी के ऊपर थोप दी थीं।

उसे समझने की चेष्टा न करते हुए अपने दम्भ में उसे श्राप देकर ठीक वैसा ही बन गया था जिनसे मुझे घिन थी।

देवयानी ने भी कहाँ समझा था मेरी पीड़ाओं को। उसने भी तो मुझे पलटकर कोस ही दिया था कि जब मुझे संजीवनी की सबसे अधिक आवश्यकता होगी, यह मेरे किसी योग्य नहीं रहेगी। क्या प्रेम में हम इतने निस्पृह हो जाते हैं कि जिससे प्रेम हो उसे ही कष्ट पहुँचा दें?

क्या उसे या जग के किसी अन्य व्यक्ति को कभी ज्ञात हो पायेगा कि कच कितना पीड़ित है। कच जो ययाति का अनन्य मित्र है। जिसके पास बैठकर ययाति अपनी पीड़ाओं का निदान ढूँढ़ता है, वह कच किसी योग्य नहीं!

क्या पाया कच ने?

पिता की आशा थी संजीवनी विद्या प्राप्त करके मैं स्वयं शुक्राचार्य से भी श्रेष्ठ हो जाऊँगा और मैं लौटा तो था संजीवनी लेकर पर साथ लाया था उसे आवश्यकता पर बिसर जाने का श्राप भी...

मैंने देवराज इन्द्र और देवयानी को योग्य पुरुषत्व का रूप दिखाना चाहा था, अपने दम्भ में मौलिक मनुष्यता भी खो बैठा था।

क्या प्राप्त कर लिया था मैंने देवयानी को कोस कर? देवयानी, ययाति और निर्दोष शर्मिष्ठा के जीवन में उत्तरोत्तर भूचाल...

शर्मिष्ठा का भाई बनकर उसके दुःख को थोड़ा कम करना चाहता था, उस पर प्रहार हुआ तो मेरे नाम को सम्मुख करके?

आज तक किसे सुख दिया है मैंने? किस योग्य है मेरा जीवन?

कच को संसार क्यों याद करेगा?

इतना ही अनुरोध है शर्मिष्ठा, तुम अपनी कथाओं में इस दुर्भाग्यशाली भ्राता का स्थान बनाये रखना।

# अनुगत

'दिशा! दिशा!' समूचा वन शर्मिष्ठा की पुकार से गुंजायमान हो उठा था।

'जी देवी' दिशा भागती हुई आयी थी।

'तुमने देखा पुरु को? पुरु कहीं नहीं है। मैं रसोई से उसके लिए दूध लाने गयी थी, लौटी तो पुरु नहीं दिख रहा था! पता नहीं कहाँ चला गया है मेरा पुरु!'

तनिक ही देर में शर्मिष्ठा विकल हो गयी थी।

'देवी पुरु ऋषि यति के साथ कचदेव के आश्रम तक गया है।' दिशा ने शर्मिष्ठा की चिन्ता को तुरन्त हरने का प्रयास किया था।

'ऋषि यति यहाँ पधारे थे? परन्तु अभी तो सर्दियों के दिन आने में देर है।' हिमालयवासी यति का अचानक यहाँ आना तनिक विस्मयकारी था।

'हाँ देवी... वे कचदेव के आश्रम में ही रुके हैं। कचदेव के शिष्य आये थे। आपसे कुछ मन्त्रणा करना चाहते हैं?' दिशा ने उत्तर दिया।

'औचक ही मन्त्रणा? मैं अभी कचदेव और भ्राता श्वसुर यति से मिलकर आती हूँ।'

कितनी काली रात थी वह। उत्तानपाद उसे हस्तिनापुर से बहुत दूर इस वन–प्रदेश में छोड़ गये थे। गोद का दूध–मुँहा बालक बिलख रहा था। सुबह होने में पहर भर और था। उजाले से ठीक पहले का गहरा अँधेरा, जैसे उसके भाग्य की कालिमा ही पसरी हुई थी।

सियारों के रोने से बढ़ी हुई भयावहता। स्वयं को लेकर भय कब का विलुप्त हो चुका था, परन्तु बालक की चिन्ता थी। अभी किसी भी ओर जाना कम संकटकारी नहीं था।

महाराज ने उत्तानपाद के माध्यम से देवयानी के कोप से तो मुक्ति दिलवा दी थी परन्तु संकट उबरे कहाँ थे।

असुरों के शक्तिशाली राजा वृषपर्वा की इकलौती पुत्री पहली बार सुरक्षा के घेरे से बाहर निकली थी, वह भी एक वन में, घनघोर रात में।

एक पग आगे बढ़ाना उतना ही ख़तरनाक हो सकता था, जितना कि पीछे लौटना। स्थिति की विषमता को देखते हुए उपयुक्त यही था कि वहीं किसी वृक्ष के नीचे सुबह होने तक रुक जाया जाये।

मार्ग के बगल में ही स्थित एक छतनार पेड़ के नीचे वस्त्रों को अमेट–समेटकर पालथी लगाया ही था शर्मिष्ठा ने। बालक गोद में लेटा–लेटा सो रहा था। तने से पीठ लगाते ही थकी हुई आँखें पलभर के लिए मुँद गयी थीं। अभी नींद ने ठीक से अपने आलिंगन में लिया भी नहीं होगा कि एक विचित्र गुर्राहट से नेत्र स्वयंमेव ही खुल गये।

गुर्राहट की दिशा में देखा तो आत्मा काँप गयी। भीषण दीप्त रक्तिम नेत्रों और उसके बीच की दूरी निरन्तर घटती जा रही थी।

आसन्न प्रसवा माँ का हृदय अपनी और बालक की सुरक्षा की चिन्ता में धौंकनी की भाँति तीव्र हो गया था।

'हे ईश्वर! यह क्या मुसीबत है। बालक को लेकर किधर जाऊँ। तनिक भी शोर होगा तो यह जीव पता पा जायेगा।'

तभी वह जीव चीख़ा और अपनी उलटी दिशा में पलटा। किसी ने उस पर भारी–नुकीले अस्त्र से आक्रमण किया था। इतनी देर में शर्मिष्ठा को मौक़ा मिला था, वह भागकर किसी अन्य पेड़ के पीछे छिप गयी थी।

इधर उस जीव में और आक्रमणकारी में लघु युद्ध छिड़ गया था, जिसके शोर ने पक्षियों को भी समय से पहले जागने के लिए विवश कर दिया। तभी अँधेरे की चादर भी फटती हुई सी प्रतीत हुई। ऐसा लग रहा था कि इस लघु युद्ध के दोनों प्रतिद्वन्द्वियों के विषय में जानने की उत्सुकता दिनकर को भी हो रही थी जो अचानक ही सब दिखने लगा था।

उस युद्ध के दोनों प्रतिद्वन्द्वियों को देखते ही शर्मिष्ठा चीख़ उठी। यहाँ तो दो भालू लड़ रहे थे। जीवन के संकट में होने का जो डर क्षणभर पहले ही समाप्त हुआ था, वह पुनः जाग्रत हो उठा था।

दोनों में से किसी के भी विजयी होने पर वह असुरक्षित ही थी। इतनी ही देर में घायल भालू जंगल की ओर भागता दिखा। विजयी प्रतिद्वन्द्वी शर्मिष्ठा की ओर पलटा था।

आह! यह तो लम्बे बाल–दाढ़ी वाला कोई साधू जैसा दिखने वाला मानव था, जिसने जाने क्यों भल्लक खाल जैसा दिखने वाला वस्त्र पहन रखा था। उसके प्रश्नों का उत्तर देने वह स्वयं उसके पास आ गया था?

'देवी! निश्चिन्त रहिए, वह रीछ अब इस ओर नहीं आयेगा।' उसने आते ही उसकी चिन्ता को दूर करने का प्रयास किया था।

'धन्यवाद ऋषिवर, मेरी जान बचाने के लिए।' शर्मिष्ठा ने अनुगृहीत होते हुए कहा था।

शर्मिष्ठा का कहना था कि वह कहकहे लगाकर हँसने लगा।

'देवी, क्षमा कीजियेगा। न तो मैं अग्रजानी हूँ, न ही मुझमें मनुष्यों को सूँघने की शक्ति है जो रात्रि के उस निविड़ अँधेरे में भी यह ज्ञात कर लेता कि इस वन में एक स्त्री अपने नन्हे बालक के साथ विश्राम कर रही है, और आपकी रक्षा करने हेतु उस रीछ से लड़ने लग जाता।

मैंने आप पर कोई कृपा नहीं की थी, अपने शहद के कलश की रक्षा की थी। हिमालय से उतरते हुए अँधेरा घना हो गया था और मुझे यहीं ठौर लेना पड़ा था। उस रीछ को मैं हिमालय से लाये हुए

अपने बहुमूल्य शहद को यूँ ही गड़प कैसे करने देता। आप अनुगृहीत होने के अपने सारे भाव सुरक्षित रख लीजिए।'

'कितना निस्संग ऋषि है, और बातों में व्यंग्य का पुट तो देखो। जैसे।'

उस भल्लकछाल–धारी ऋषि की बातों में घुले व्यंग्य के पुट पर कुढ़ते हुए उसे ययाति का ध्यान हो आया। ठीक ऐसे ही तो बात करते हैं ययाति भी। कोई भी बात सीधे ढंग से नहीं कहते। प्रेम भी करना होतो ऐसी उपमाएँ कि क्रोध भी आये और मोह भी हो।

एक रात्रि उसने विनोद में ययाति से कह दिया था, 'प्रेम की इतनी ही बात करते हैं तो किसी दिन, दिवाकर के रहते हुए भी मेरे समीप आकर सिद्ध कीजिए। अगले ही दिन महाराज भरे दिन में कक्ष में चले आये थे। अच्छी बात यह थी कि दो भरोसे की परिचारिकाएँ ही आस–पास थीं। महाराज को सम्मुख देखकर उसने झपटकर कक्ष का द्वार बन्द किया, मगर महाराज तो जैसे किसी और ही दुनिया में थे। द्वार बन्द करते ही पूछा, 'शर्मिष्ठा, आप अपने केशों में कालिख मलती हैं क्या?'

केशों में कालिख? महाराज को हुआ क्या है? कैसे उलटे–सीधे प्रश्न कर रहे हैं? कहीं दिन–दिन में ही कनक का सेवन तो नहीं कर लिया।

'केशों में कालिख? महाराज ऐसा भी कभी हुआ है क्या?' उसने चिढ़ते हुए महाराज से कहा था।

'वो आपके केश बहुत सुन्दर हैं। इतने स्याह कि मुझे यही लगता था कि आप इन पर कालिख मलती हैं।' कहते हुए मुस्कुरा उठे थे ययाति।

'कितने नटखट हैं महाराज आप। बच्चों–सी शरारतें करते हैं। और, दिन में आने की क्या आवश्यकता थी।' उसने झूठा गुस्सा दिखाते हुए प्यार से ययाति पर मुष्टि प्रहार करते हुए कहा था।

'अरे वाह! प्रारम्भ स्वयं करती हैं। चुनौती आपने ही तो दी थी देवी। मैं आ गया अपने प्रेम को सिद्ध करने। अब आप कहें तो मैं

अपने प्रेम को सिद्ध करता हुआ, आपके सौन्दर्य पर काव्य भी लिख दूँ, परन्तु उसके लिए...' और अपनी बात पूरी करने से पहले ही ययाति ने शर्मिष्ठा को अपने बाहुपाश में खींच लिया था।'

स्मृति यात्रा के पूर्ण होते-होते शर्मिष्ठा की आँखें छलछला आयी थीं। सम्मुख खड़ा वह अपरिचित ऋषि घबरा गया।

'देवी, आपको मेरी बातों का बुरा लगा, मुझे क्षमा कीजिए। मेरा मन्तव्य आपको कष्ट देने का नहीं था।'

ऋषि ने तुरन्त अपना पक्ष रखते हुए उसे चुप करवाने की चेष्टा की थी।

'नहीं ऋषिदेव, आपने मुझे कोई कष्ट नहीं दिया। यद्यपि उस रीछ को भगाने के पीछे आपका मूल उद्देश्य अपने पारलौकिक शहद को बचाना था, आपके उस प्रयोजन ने मेरी भी रक्षा की। अतः मेरा धन्यवाद स्वीकार करें।' शर्मिष्ठा ने अपने अन्तस के आवेग को अन्तस में ही रोक लिया था।

'वह तो ठीक है, परन्तु देवी अगर आप इसे कुचेष्टा न समझें तो क्या मेरे एक प्रश्न का उत्तर देंगी?' भल्लक छालधारी शर्मिष्ठा को देखकर तनिक विस्मित प्रतीत हो रहा था।

'पूछिए ऋषिवर'

'देवी, आप दिखने में तो अति-कुलीन प्रतीत हो रही हैं। इतनी शीतल रात्रि में इस घनघोर बियाबान में क्या कर रही हैं?'

शर्मिष्ठा ह्रदय को विदीर्ण कर देने वाले इस प्रश्न के लिए प्रस्तुत नहीं थी, न ही वह अपनी पहचान बता पाने की अवस्था में थी।

ऋषि के प्रश्न को टालने के लिए उसने एक छोटा-सा उत्तर दिया था।

'मैं हस्तिनापुर से आयी हूँ। मेरे पति की पहली पत्नी नहीं चाहतीं कि मैं उनके घर में रहूँ, इस हेतु मैंने वह घर छोड़ दिया और पथिकों के साथ देवभूमि जा रही थी, परन्तु न जाने किन विचारों में मग्न होकर उनका साथ छोड़ दिया और भटकती हुई इधर चली आयी।'

'हस्तिनापुर! कभी मेरा भी घर हस्तिनापुर में हुआ करता था, किन्तु मैंने वर्षों पूर्व बाल्यकाल में ही वह घर छोड़ दिया था।' उस ऋषि ने पुलक कर शर्मिष्ठा को सूचित किया था।

हालाँकि वह बात और है कि वाक्य के आधे हिस्से से पहले शर्मिष्ठा का जी सूखे पत्ते की तरह काँप गया था कि कहीं इस अध–पगले से साधू को उसका सच ज्ञात न हो। उसके बाल्यकाल में गृह–त्याग की बात सन्तुष्टि लेकर आयी थी।

'अब आप कहाँ भटकेंगी देवी। चलिए मैं आपको अपने मित्र के आश्रम ले चलता हूँ। वह यहीं एक योजन से भी कम दूरी पर है। आपको वह परिवेश अच्छा लगेगा।' उस हिमालय से आये ऋषि ने शर्मिष्ठा की मदद का प्रस्ताव दिया था।

शर्मिष्ठा ने बिना कुछ विचारे सर हिलाकर अपनी अनुमति दे दी थी एवं उसके पथ का अनुसरण करते हुए बढ़ चली थी।

वह चकित थी कि कैसे छिन्न–मति का भाव देने वाले इस साधू ने कुछ ही पलों में उसका विश्वास जीत लिया था।

एक प्रहर से कुछ कम समय ही लगा होगा कि वन–लताओं से सज्जित एक सुन्दर आश्रम सम्मुख दिखने लगा था। आश्रम की सुन्दरता देखकर शर्मिष्ठा को अपने विद्या–अध्ययन के दिन याद आ गये। कच गुरु शुक्र के आश्रम को इस प्रकार ही सँवारकर रखते थे। जब तक वह आश्रम के सौन्दर्य को निहारने में व्यस्त थी, साथ आये ऋषि ने एक छात्र के हाथों आश्रम प्रमुख तक अपना सन्देशा भिजवा दिया था।

थोड़ी ही देर में आश्रम के प्रमुख ऋषि उपस्थित हो गये थे। आश्रम के प्रमुख ऋषि को देखकर शर्मिष्ठा अति आश्चर्य–चकित हो गयी थी।

'प्रणाम कचदेव'

'प्रणाम ऋषि यति'

दोनों ऋषियों ने एक–दूसरे का अभिवादन किया था।

'आह! देव... कितनी और परीक्षाएँ अभी बची हुई हैं। क्या सारे संयोग श्रीहर ने मेरे लिए ही सुरक्षित कर रखे हैं?'

शर्मिष्ठा अभी सामान्य भी नहीं हो पायी थी कि यति ने उसका परिचय कच को देना प्रारम्भ कर दिया था।

'कचदेव, हिमालय से उतरते हुए मुझे यह देवी अपने नन्हे बालक के साथ वन में अकेली मिलीं। कह रही थीं कि हस्तिनापुर से आयी हैं, गृह–वंचित हैं तो मैं आपके आश्रम ले आया। इन्हें यहाँ रहने का स्थान तो मिल जायेगा न।'

'हाँ! क्यों नहीं ऋषि यति! आपका स्वागत है देवी!'

यति की बातों का समर्थन करते हुए कच शर्मिष्ठा के सम्मुख हुए। अब विस्मय में डूबने की बारी उनकी थी।

'देवी शर्मिष्ठा!'

'प्रणाम कचदेव!'

दोनों को एक–दूसरे का अभिवादन नाम से करते हुए देखकर अब यति हतप्रभ हुए थे।

'आप दोनों एक–दूसरे को पहचानते हैं।'

उसी विस्मय में डूबे हुए उनके स्वर निकले थे।

'हाँ! ऋषि यति। शर्मिष्ठा असुर महाराज वृषपर्वा की पुत्री, मेरी भगिनी और आपकी भ्राता–वधु है। यह नन्हा बालक आपके कनिष्ठ भ्राता ययाति का चौथा पुत्र है।'

'ययाति की अर्धांगिनी! ययाति का बालक! किन्तु ये यहाँ वन में क्यों हैं?

ययाति कब से इतना पौरुषहीन हो गया कि उसकी भार्या को वन–वन भटकना पड़ रहा है और वह हाथ पर हाथ धरे बैठा है।' विस्मय मिश्रित क्रोध में यति के ओष्ठ और भुजायें फड़कने लगी थीं।

'शान्त हो जाइये ऋषि यति। यह शर्मिष्ठा के दुर्भाग्य, गुरु शुक्राचार्य के कोप और ययाति की पहली पत्नी शुक्राचार्य पुत्री देवयानी की इर्ष्या का प्रतिफल है। इसका समाधान तुरन्त नहीं निकल सकता। मेरे लिए हर्ष की बात यह है कि इस दुःख की घड़ी में मेरी भगिनी की सहायता करने उस वंश का ही कोई सदस्य उपस्थित था जिससे उसकी नियति जुड़ गयी है।'

कच ने यति को समझाते हुए कहा था।

कच के इस उत्तर पर शर्मिष्ठा भी चुप थी। उसे अपने वे दिन याद आ गये जब कर्म की उपयोगिता पर बल देते हुए उसने किसी वाद–विवाद प्रतियोगिता में समस्त तर्कों के साथ कहा था कि, 'नियति आलसी लोगों के लिए ढूँढ़ा गया तुच्छ बहाना मात्र है।'

क्रोध शान्त होने के बाद यति ने बालक की ओर देखा था। भ्राता के अंश को देखते ही ब्रह्मचर्य की प्रतिज्ञा के साथ लगभग मृतप्राय हो चुका पितृत्व भाव नवीन संजीवनी से संचारित हो उठा था।

'नाम क्या रखा है बालक का वधु?' बालक को गोद में लेते हुए यति ने पूछा था।

'पुरु!'

'पुरु! यह तो पितामह का नाम था।' यति ने चौंकते हुए कहा था।

'जी! महाराज की इच्छा थी कि बालक हो तो पितामह के नाम पर ही नाम हो।' शर्मिष्ठा ने सकुचाते हुए उत्तर दिया था।

'सुन्दर नाम है! यह पितामह की अनुकृति ही होगा। क्यों पुरु, बनोगे न अपने प्रपितामह की तरह?' यति में बालकों जैसा उल्लास और उत्साह भर गया था।

दिन–बीतते न बीतते कच–आश्रम के छात्र, कचदेव और यति ने आश्रम के समीप ही एक सुन्दर पर्ण–आवास तैयार कर दिया था। शयन कक्ष, रसोई, आगंतुक कक्ष – हर प्रकोष्ठ लगा। जैसे पत्तों का कोई छोटा–सा महल हो।

शर्मिष्ठा निहाल हो गयी थी।

देवी विचार–मग्न हैं क्या? कचदेव और ऋषि यति प्रतीक्षा में होंगे।

हाँ!

तुरन्त–फुरत में ही भागी थी शर्मिष्ठा कच आश्रम की ओर। पुरु बाहर ही आश्रम के छात्रों के साथ खेल रहा था। अन्दर मुख्य प्रकोष्ठ में ऋषि यति और कचदेव चिन्तित मुद्रा में बैठे थे।

प्रणाम भ्राता श्वसुर!

प्रणाम भ्राता कच!

शर्मिष्ठा के पहुँचते ही दोनों ने उठकर अभिवादन किया था।

'बैठो भगिनी! तुमसे आवश्यक मन्त्रणा करनी है।' कच ने वार्तालाप की शुरुआत की थी।

'हाँ! कहिए भ्राता कच।'

'क्या तुम्हें ज्ञात है कि हस्तिनापुर में क्या चल रहा है?'

'मुझे हस्तिनापुर छोड़े हुए आठ साल से अधिक बीत गये हैं भ्राताश्री। मुझे किस प्रकार सूचनाएँ प्राप्त होंगी। मैं जो भी जान पाती हूँ, वह केवल आपके माध्यम से।' शर्मिष्ठा ने उत्तर दिया था।

'ययाति विमुख हो गया है!' कच ने सूचना दी थी।

'मुझसे वह तब ही विमुख हो गये थे जब उन्होंने उत्तानपाद को मुझे वन में छोड़ने का आदेश दिया था। यह सूचना नयी तो नहीं।' शर्मिष्ठा के मुँह का स्वाद अचानक ही कसैला हो गया था।

'ययाति राज–काज से भी विमुख हो गया है शर्मिष्ठा! दिन के आठों प्रहर वह यमुनालय में होता है। भोग–विलास में लिप्त। न तो राजप्रासाद जाता है, न ही राज–सभा। हस्तिनापुर का भविष्य गर्त में प्रतीत हो रहा है।

यह पूरे प्रदेश के लिए ठीक नहीं। हस्तिनापुर जैसे प्रखर राज्य का यूँ डाँवाँडोल होना समूचे लोक के लिए अशान्तिपूर्ण हो सकता है।' कच ने अपनी चिन्ता बता दी थी।

कच का एक–एक शब्द शर्मिष्ठा के अन्तस को बेधता जा रहा था। क्या कच उसी ययाति की बात कर रहे थे, जिससे उसने सदैव प्रेम किया था? जिसके शौर्य की गाथा उसके महा–पराक्रमी पिता वृषपर्वा भी गाते थे। क्या यह वही ययाति था जिसने तरुण होने से पहले ही हस्तिनापुर का विशाल साम्राज्य इस कुशलता से सँभाला था कि पुरु और नहुष जैसे राजाओं के शासन में पुष्पित–पल्लवित हो चुकी हस्तिनापुर की जनता को एक पल के लिए भी ऐसा नहीं लगा था कि उनका राज्य किसी बालक के अधीन है। वह ययाति

किस प्रकार से सब छोड़कर आमाद–प्रमाद में व्यस्त हो सकता है... निस्सन्देह कचदेव तक ग़लत सूचना पहुँची है।

'कचदेव, क्या यह सूचना किसी विश्वस्त स्रोत से प्राप्त हुई है?' शर्मिष्ठा का हृदय इस बात को मानने को तैयार नहीं था कि ययाति जैसा शिखर पुरुष इस ओर भी मुड़ सकता है।

'हाँ! भगिनी... मुझे यह सूचना स्वयं उत्तानपाद से मिली है।'

'उत्तानपाद से...' शर्मिष्ठा सम्भवतः इस उत्तर के लिए प्रस्तुत नहीं थी। हृदय के किसी कोने में अभी भी यह भाव जाग्रत था कि यह सूचना झूठी भी तो हो सकती है, किन्तु उत्तानपाद के नाम के साथ ही वैसी सभी सम्भावनाएँ तुरन्त ही ध्वस्त हो गयीं।

वह व्यक्ति जिस पर ययाति स्वयं से अभी अधिक भरोसा करते हों, जिसकी पीढ़ियों ने हस्तिनापुर की सेवा में अपना सर्वस्व दान कर दिया हो, उसके असत्य बोलने का कोई प्रश्न ही नहीं था।

अब तक इस वार्तालाप को केवल सुन रहे यति के लिए कच और शर्मिष्ठा के मध्य का यह संवाद अचम्भित करने वाला था। वे हस्तिनापुर की बातें कर रहे थे। वह हस्तिनापुर जिसकी मिट्टी में उसके शरीर ने रूप धारण किया। जहाँ का जल उसके रुधिर में घुला है। जहाँ उसके पुरखे जाने कितनी शताब्दियों से राज करते आ रहे हैं और, जहाँ का शासक अभी उसका अपना छोटा भाई ययाति था।

वही ययाति जिसे उसने सदैव स्वयं से अधिक सामर्थ्यवान समझा था। सम्भवतः ययाति एकमात्र कारण था कि घर छोड़ने के उपरान्त कभी उसे हस्तिनापुर की चिन्ता नहीं हुई थी। एक तरह से यह बात किसी और जन्म की लगने लगी थी कि सोम वंश की उस राज–सत्ता से उसका भी कोई नाता है, किन्तु 'सुध' जीवन को सरल रहने दे, यह भी तो सम्भव नहीं। एक–एक कर सारी बातें यूँ घूम रही थीं नेत्र के सामने जैसे कोई पट–दर–पट जीवन के चित्र दिखा रहा हो...

'पिता नहुष की अवनति के कुछ समय पश्चात् की रात्रि थी वह। माँ कई रातों से सोयी नहीं थी। उनका स्वास्थ्य भी लगातार गिरता जा रहा था। वैद्यजी ने कह दिया था कि अगर महारानी को निद्रा नहीं आयी तो उनका जीवन बचाना दुष्कर हो जायेगा। उस रात को वैद्यजी की दी हुई औषधि का प्रभाव था कि माँ गहरी नींद में थीं।

ययाति माँ के ही कक्ष में सो रहा था। कितना छोटा था वह, किन्तु कितना समझदार।

जब भी मैं दूर से माँ की पीड़ा को देखता, वह माँ के पास बैठकर उनके आँसू पोंछ रहा होता।

मैं पिता महाराज की अवनति पर परिचारिकाओं के द्वारा परोक्ष रूप से किये जा रहे विनोद पर शर्म से सर झुकाकर निकल जाता, वह पिता महाराज की हर वस्तु सँभालकर रखता, ठीक उसी प्रकार जब वे सदेह हस्तिनापुर में उपस्थित थे।

उसके आग्नेय नेत्र पिता महाराज की प्रतिकृति के सामने सजल हो उठते। मैंने स्वयं को उस अल्प–वयस बालक की आभा के समक्ष नितान्त लघु पाया था, जब मैंने उसे माँ से कहते सुना था, 'मैं जानता हूँ कि यह सब मेरे पिता की कीर्तियों को समाप्त करने की चेष्टाएँ हैं। मेरे पिता की सत्यता को इन्द्र जैसे किसी झूठे के प्रमाण–पत्र की आवश्यकता नहीं।'

मैं हतप्रभ था। मैं तो वयस में उससे लगभग दोगुना हूँ, फिर भी मुझमें यह दृढ़ता, सहजता क्यों नहीं है? क्यों मैं किसी भी अनुचित आक्षेप पर भी स्वयं की रक्षा नहीं कर पाता? क्यों पिता के प्रति असीम विश्वास होते हुए भी उन्हें दोषियों के कटघरे में खड़ा करता हूँ?

डर की कितनी भीषण लहर मेरे पूरे शरीर में दौड़ गयी थी। कैसे सँभाल पाऊँगा मैं इस विशाल राज्य को? जब मैं द्वादश भर लोगों की प्रतिक्रिया नहीं सँभाल पाता, सहस्त्रों लोगों को किस प्रकार सन्तुष्ट कर पाऊँगा?

अचानक ही मुझे समस्त सांसारिकता विक्षुब्ध करने लगी थी। मुझे नहीं चाहिए था हस्तिनापुर का राज–सिंहासन। न ही मुझे मान, कीर्ति या यश जैसी कोई वस्तु चाहिए थी। मुझे पिता–महाराज जैसी दुर्गत अवनति भी नहीं चाहिए थी।

मुझे किसी भी सांसारिक बन्धन में नहीं बँधना था। मैं नहीं चाहता था कि मेरे उपरान्त किसी भी कारणवश मेरे परिवार को दुःख भोगना पड़े। हस्तिनापुर की सुख–सुविधाओं को जीते हुए यह सम्भव नहीं था। मैंने निश्चय कर लिया था कि मैं इन दुखों को यहीं छोड़ दूँगा। रात के अँधेरे में सबसे दूर निकल जाना सबसे सरल रास्ता था। मैंने वही चुना था।

मैं तो छोड़ आया था हस्तिनापुर को कहीं पीछे... आज क्यों यह हस्तिनापुर पुनः मुझे डरा रहा है। ययाति यह क्या कर रहा है?

न जाने क्यों मेरे कानों में उस परिचारिका के व्यंग्यमय अट्टाहास गूँज रहे हैं जिसने सम्भवतः एकान्त जानकर अपनी सखी से कहा था, 'महाराज स्वयं गये तो बेटों को भी ले जाते। उनके बेटे कौन से बड़े भले होंगे। पिता के लक्षण तो आयेंगे ही।'

मैं कटकर रह गया था। जिस परिचारिका की जिह्वा खींच लेनी चाहिए थी, उसके वचनों ने मुझे इतना बेध दिया था कि मैंने उसे ज्ञात भी नहीं होने दिया था कि उसका कहा हुआ सब सुन लिया है मैंने।

वह अन्तिम रात्रि थी राजप्रासाद में। मैं सब छोड़ आया था कि मुझे ज्ञात था ययाति इस यश–अपयश दोनों का भार अपने कन्धे पर अच्छे से उठा लेगा। दूर कन्दराओं में भटकते हुए हर बार जब हस्तिनापुर के युवा नरेश की कीर्तियों के बारे में सुनता था तो गर्व से मन दीप्त हो उठता।

और आज... वही ययाति विमुख हो गया है? समस्त धर्म को किनारे रख भोग में डूबा विलासी बन गया है जिसे अपने देह सुख के अतिरिक्त किसी भी और वस्तु की परवाह नहीं?

तो क्या यह सोम वंश को मिला कोई अभिशाप है कि इस वंश के सभी अधिपति शिखर छूने के उपरान्त उतने ही गर्त में उतर जायेंगे?

इसका अर्थ तो यह भी हुआ कि पिता नहुष पर इन्द्र के लगाये आरोप में सत्यता थी। यह कैसी सूचना दी है कचदेव ने... ऐसा लग रहा है उस दुष्टा परिचारिका का व्यंग्य देह धारण कर मेरे सम्मुख खड़ा हो गया है।

ऋषि यति!

भ्राता श्री!

विमर्श करते हुए औचक ही कच और शर्मिष्ठा दोनों लोगों का ध्यान ऋषि यति की ओर मुड़ा था। देखते ही मुख पर पहले से ही बिखरे हुए चिन्ता के भाव और सघन हो गये थे। अभी शीत ऋतु के प्रभाव हिमालय की इस तराई में पूरी तरह उतरे नहीं थे, परन्तु मौसम इतना उष्म भी नहीं था कि बैठे–बैठे ही शरीर से पसीने की धार फूट पड़े। यति सर से पाँव तक स्वेद–मय थे। जैसे धुनी रमा कर बैठ गये हों।

कच और शर्मिष्ठा के स्वर एक साथ कान में पड़े तो जैसे काँच की कोई दीवार टूटी... यति हड़बड़ाकर उठ खड़े हुए। कमण्डल और कौपीन सँभाला, कच से कहा, 'चलता हूँ।'

सुनकर शर्मिष्ठा हतप्रभ रह गयी।

'कहाँ जा रहे हैं भ्राताश्री?'

'अपने प्रदेश जा रहा हूँ वधु। मैं संन्यासी हूँ, राज–काज और गृहस्थी से जुड़ी इन परिचर्चाओं में मेरा क्या काम? न जाने कैसे भटककर इधर आने लगा था। पुरु का मोह खींच लाता था। मैं इन सबके लिए नहीं बना हूँ। उधर ही ठीक हूँ। हिमालय का बर्फ़ (हिम) आसन ही मेरे चित्त को शीतलता देता है।'

कच चुप बैठे हुए थे। शर्मिष्ठा के पास कहने को कुछ नहीं बचा था।

यति ने आगे बढ़कर पुरु को गले से लगाया था और फिर तुरन्त ही आश्रम के मुख्य द्वार से बाहर निकल गये थे।

देर तक कच और शर्मिष्ठा लगातार धुन्धली होती छवि की ओर देखते रहे थे...

बीच–बीच में छोटे पुरु ने कई बार 'पितृव्यश्री' 'तातश्री' की गुहार लगायी। भागता हुआ आश्रम से कुछ दूर तक भी गया था और जब अपने ताऊ के लम्बे डगों का अनुकरण नहीं कर पाया तो रोता हुआ लौटा था।

'माँ, पितृव्यश्री ने ऐसा क्यों कहा कि वे अब नहीं आयेंगे?'

'एक तो जल्दी चले गये और इस बार मेरे साथ खेला भी नहीं...'

शर्मिष्ठा ने पुरु को गोद में उठा लिया... पुरु को गोद से उतारते हुए यति की आँखें उसे दिख गयी थीं। जैसे कई सारी चमकीली बूँदे अचानक उभर आयी हों उन दीप्त आँखों में। कैसा काठ सा मार गया था उसे। अब तक जिस भ्राता श्वसुर को वह निर्मोही समझती रही, वास्तव में वह नेह और मोह से इतना भरा है कि सांसारिक सम्बन्ध उसका निर्वाहन विरले ही कर पायें।

और कैसा था भाग्य पुरु की इस माँ का कि हर सम्बन्ध बस छूटने के लिए मिले...

## 'यति के भाव'

मेरे पाँव इतने मन्थर गति से कब से चलने लगे... कचदेव के आश्रम से दूरी बढ़ क्यों नहीं रही है? पुरु की पुकार से लगातार भेदे जा रहे कानों को किस प्रकार बचाऊँ?

कितना दुःख है ईश्वर तुम्हारी दुनिया में?

वह नन्हा बालक सोच रहा होगा, उसका ताऊ ऐसे ही उठकर कहाँ चला गया? काश कि मैं उससे बता पाता कि यह अन्तिम बार है जब मैं उससे मिल रहा हूँ। आज के पश्चात् हम एक–दूसरे से केवल इतिहास के पृष्ठों में मिलेंगे।

मैं आज विदा ले रहा हूँ–अपनी समस्त उपस्थितियों से। अपने समस्त सम्बन्धों से। अपनी सभी जानकारियों से। हस्तिनापुर से जुड़े अपने तन्तुओं से।

मेरे प्रिय पुरु, भविष्य में जब भी मैं तुम्हारी स्मृतियों में प्रवेश करने की चेष्टा करूँ, मुझे अपने से दूर कर देना। तुम्हारा क्षमादान ही तुम्हारे इस अभागे पितृव्य के लिए तुम्हारा तर्पण होगा। आज से मैं मृतक समान हूँ। चन्द्रवंशी नहुष के इस ज्येष्ठ पुत्र की आत्मा जर्जर होकर लुप्त होने वाली है। आज के बाद केवल यह शरीर बचेगा, अनन्त काल तक हिमालय की ऊँचाइयों में भटकता हुआ। अपने कुल के प्रति किये हुए धोखे का मूल्य चुकाता हुआ।

'अब तो भ्राताश्री यति भी चले गये। पहले ही उँगलियों पर गिनने लायक सम्बन्ध बचे थे जीवन में, अब वे भी धीरे–धीरे कम होते जा रहे हैं? ग्रहों का कैसा दोष लेकर जन्म लिया था मैंने? क्या गँवाने के अतिरिक्त भी कोई सुख लिख रखा है मेरे भाग्य में...'

'माँ किस सोच में डूबी हो? चलो न मेरे साथ सरोवर तक... इतना सुन्दर दिन हो रहा है। अभी उस ओर गया था मैं। सरोवर में चाँदी जैसी मछलियाँ ऊब–डूब रही थीं।'

यति को गये हुए पक्ष से अधिक बीत गया है। पुरु भी सब भूलकर अपनी दुनिया में रम गया है, किन्तु इस विदा ने शर्मिष्ठा के तमाम पुराने घाव हरे कर दिये हैं। चाह कर भी दुःख की मात्रा कम नहीं हो रही। घण्टों–घण्टों सर झुकाए जाने क्या–क्या सोचती रहती है शर्मिष्ठा। वह तो भला हो पुरु की बाल चपलता का कि थोड़ी–थोड़ी देर पर कुछ–न–कुछ पूछने शर्मिष्ठा के पास चला ही आता है, नहीं तो अपनी इस आत्मलीनता में वह किसी योगी–सी रत हो जाये, सम्भवतः कभी न लौटने के लिए।

सरोवर का नाम सुनते ही शर्मिष्ठा की तन्द्रा झट टूटी थी और चिन्ता की एक दूसरी रेखा चेहरे पर पसर गयी। आवेश मिश्रित यह भाव अभी थोड़ी देर पहले की भाव–मुद्रा से नितान्त अलग था।

'पुरु, तुम सरोवर तक गये थे? किससे पूछकर? मैंने कहा है न तुमसे कि हर जगह अकेले जाने के लिए तुम अभी छोटे हो।'

आवेशित स्वर सुनते ही पुरु का उत्साह जाता रहा था। सहमते हुए उसने उत्तर दिया, 'मैं अकेला कहाँ था। मेरे साथ मेरे आश्रम के मित्र जो थे।'

'हाँ, वे तो जैसे बहुत बड़े हैं? कोई शिकारी स्वान या भेड़िया आ जाता तो क्या करते तुम सब?'

'माँ, तुम न यूँ ही क्रोधित हो जाती हो। सब आता है मुझे। मैं तीर चलाकर भेड़िये को मार देता और सबको बचा लेता।'

पुरु के बोलने की मुद्रा देखकर शर्मिष्ठा हँस पड़ी। प्रसन्नता और प्रेम से भरे उस पल में माँ और बेटे के उस संसार से सभी चिन्ताएँ समाप्त हो गयी थीं। माँ के देह पर अलड़ते हुए पुरु ने कहा, 'जानती हैं माँ, गुरु कचदेव कह रहे थे कि सभी छात्रों में मैं सबसे अच्छा धनुर्धर हूँ।'

'अच्छा? ऐसा कहा कचदेव ने?'

'हाँ माँ, ऐसा केवल इसलिए हुए है क्योंकि कचदेव के अतिरिक्त आप भी मुझे धनुष–बाण चलाना सिखाती हैं न। जबकि बाक़ी छात्र तो बस आश्रम में सीखते।'

कितना लाड़ जता रहा था छोटा–सा पुरु... कहाँ से इतनी समझदारी ले आया था कि माँ के चेहरे पर चिन्ता के रेशे देखते ही झटपट उन्हें मिटाने के प्रयासों में लग जाता।

'अच्छा! जाओ। खेलो अब। हो गयी माँ की बहुत प्रशंसा। बस अधिक दूर मत निकल जाना।'

पुरु के प्रयास काम कर गये थे। शर्मिष्ठा चिन्तन गेह से बाहर आ चुकी थी। जाते–जाते पुरु ने कहा था, 'अच्छा माता, लौटूँगा तो आपसे कथा सुनूँगा। आज मुझे यह जानना है कि आपने इतना बढ़िया धनुष–बाण चलाना कहाँ सीखा। हमारे आश्रम की विद्यार्थिनियाँ तो नहीं सीखतीं?'

'ओह! यह किस कथा की बात कर बैठे पुत्र तुम। अभी तुम्हारे ही प्रयासों से विगत के उन तन्तुओं से हाथ छुड़ाकर भागी थी। तुमने पुनः उस अतीत की बात कर दी।'

दोलित मन वापस लौटकर बचपन की गलियों में चला गया। उन्हीं मार्गों पर जहाँ सुख के नीचे जाने कब से दुःख की महीन परतें तैयार हो रही थीं...

वे गर्मियों के दिन रहे होंगे। भाइयों के साथ पिता महाराज राजमहल के उद्यान में नित तीसरे पहर के ढलते ही आ जाते थे। वह शान्ति काल था। न पिता महाराज अपनी राजनीतिक महत्त्वाकांक्षाओं को बल देने के लिए किसी युद्ध का उद्घोष कर रहे थे, न ही उन्हें किसी थोपे हुए युद्ध को निभाना था।

शान्ति के इन पलों को सेना एवं राजपरिवार के समस्त सदस्य अभ्यास–काल के रूप में लेते थे। ऐसे ही एक दिन माता अविघ्ना से सटकर बैठी हुई वह पिता को अभ्यास करते हुए देख रही थी। किस प्रकार पिता महाराज धनुष पर बाणों को चढ़ा रहे थे और दूर बने वृत्त के ठीक केन्द्र में बनी बिन्दु का सन्धान कर रहे थे। पिता महाराज ने अपने अभ्यास के पश्चात् सभी राजकुमारों से उनका अनुकरण करने को कहा था। वे राजकुमार कुशल तो थे किन्तु पिताश्री वाली निपुणता किसी में नहीं थी। उनके द्वारा किये गये शर सन्धान उतने केन्द्रित नहीं हो पा रहे थे जितने पिताश्री के थे।

भाइयों के तीरों को लगातार इधर–उधर गिरते देख पिताश्री उन्हें झिड़क ही रहे थे कि सबने देखा, किसी ने लगातार चार बार ठीक वृत्त के मध्य में बाणापात किया है। पिता महाराज और भाइयों ने पलटकर देखा तो माँ अविघ्ना मन्द–मन्द मुस्कुरा रही थीं और उनसे कुछ दूरी पर महाराज वृषपर्वा का धनुष–बाण उठाये हुए शर्मिष्ठा अगले सन्धान की प्रक्रिया में ध्यान–मग्न थी।

कितने हर्षित हुए थे पिता महाराज... उसी हर्ष में माता अविघ्ना से उन्होंने कहा था, 'कितनी निपुण है हमारी पुत्री देवी! जानकी से अधिक गुण हैं इसमें तो... कहिये, किस कन्या में इतना बल और चातुर्य होगा कि वह पहली बार में ही इतनी अनोखी धनुर्धरी करे।'

जानकी का नाम सुनते ही माँ थोड़ी विमुख हो गयी थीं। देव ही जानें कि किस अनिष्ट की आशंका उन्हें कम्पित कर गयी थी। उन्होंने थोड़े बुझे मन से पिता महाराज को उत्तर दिया था,

'महाराज, हमारी शर्मिष्ठा की तुलना जानकी से न करें। ईश्वर करे हमारी पुत्री दिनोंदिन प्रशंसित हो किन्तु जानकी के जीवन–दुःख की छाया भी इसके ऊपर न पड़े।'

माँ की शंका भरी टिप्पणी सुनते ही पिता कर्णभेदी ठहाका लगा बैठे।

'क्या बातें करती हैं देवी अविघ्ना आप? शर्मिष्ठा महाराज जनक की नहीं, वृषपर्वा की पुत्री है। मैं महाराज जनक की भाँति ऋषि–हृदय भी नहीं हूँ जो अपनी पुत्री को तनिक भी कष्ट में देख लूँ। मेरी पुत्री को कष्ट देने वाले को मैं उन्मूलित कर दूँगा...'

वह हँसी... पिता महाराज का वह ठहाका... इस शर्मिष्ठा के कानों में अब भी गूँज रहा है। अभी ही तो सब बातें हो रही थीं और अभी वर्षों की दूरी दिख रही है। पिता महाराज कहाँ हैं आप? अब नहीं दिखते आपको अपनी शर्मिष्ठा के कष्ट? कहाँ है वे शक्तिशाली जनक जो ऋषि हृदय महाराज जनक की तरह अपनी पुत्री के कष्टों को चुप होकर नहीं देखने वाले थे। कष्ट देने वाले को समूल उन्मूलित कर देने की बात किया करते थे। क्या आपको अपनी इस पुत्री की कभी याद नहीं आती पिता श्री?

स्मृति और दुःख का मेल शर्मिष्ठा के नेत्रों के रास्ते निकलकर भूमि पर टप–टप गिरने लगा था...

दूर से पुरु के खेलने और मित्रों से बात करने की ध्वनि आ रही थी।

# देवयानी का आलाप

अगले कुछ माह में शर्मिष्ठा को गये हुए लगभग दशक बीत जायेगा और महाराज को मुझसे विमुख हुए भी।

मुझे पहले ज्ञात होता कि चन्द्र के ये वंशज अवनति का गुण थाति में लेकर आये हैं तो कदापि विवाह नहीं करती। पहले महाराज नहुष स्वर्ग से अवनत होकर सर्प रूप में भूमि पर गिरे और अब यह, मेरा पति।

कितना रुष्ट हुआ था ययाति जब मैंने यह कटु सत्य कह दिया था उससे। इतने रुष्ट–उद्विग्न स्वर में उसने मेरा नाम पुकारा था कि राज–भवन की समस्त परिचारिकाएँ भागती हुई मेरी ओर आ गयी थीं। क्या अनुचित कहा था मैंने?

ययाति की निष्ठाओं और कुनिष्ठाओं की झलक मुझे यदा–कदा मिल रही थी। हस्तिनापुर आगमन के पश्चात् ही मुझे ययाति का व्यवहार मेरे प्रति कभी भी उस प्रकार प्रेमिल नहीं था, जिस प्रकार एक आम पुरुष का अपनी नव–विवाहिता स्त्री के लिए होता है।

विवाह का वह दिन, मेरा दिन था। ययाति की उस दिन की समस्त चिन्ताएँ, सभी अनुराग मेरे हेतु होने थे, किन्तु हस्तिनापुर के उस स्वामी को अन्य लोगों की चिन्ताओं से मुक्ति मिले तब तो।

विदाई की वेला में मैं महाराज वृषपर्वा के भेजे रथ, जिसे अपनी सुन्दरता और सुविधा–सम्पन्नता की वजह से भूमि–पुष्पक की उपमा मिली हुई थी हस्तिनापुर लौट रही थी। रथ पर बैठते हुए मैंने एक बार ययाति की ओर देखा था, मन में यह कामना लिए कि वह साथ आकर बैठेंगे। महारानी ने भी उनसे अनुरोध किया था कि नववधू के साथ ही रथ में बैठ जायें। मैं प्रतीक्षा में थी पति के कन्धे पर सर रखकर पहली यात्रा की स्मृतियों को सँजोने का। मेरे जीवन को बदलने वाली यात्रा थी यह। मायके से पीहर तक की प्रथम यात्रा–साधारण ब्राह्मण कन्या देवयानी से हस्तिनापुर की महारानी देवयानी बनने तक की यात्रा, जिसमें मेरे साथ उसे होना था जिसने सदैव साथ होने के वचन दिये थे, परन्तु मेरा वह जीवनसाथी... वह इस यात्रा में सहयात्री तो था मगर साथ था अपने सैनिकों के।

कहाँ मैं सोच रही थी कि रथ के कुसुमित आसन पर हम साथ बैठे होंगे। मेरे आलता युक्त हाथ उसके सुदृढ़ हाथों में होंगे, और उसकी उँगलियाँ मेरे केश–गुच्छ सुलझाएँगी और कहाँ वास्तविकता। वह मेरा सद्यःविवाहित पति हस्तिनापुर का महाराज अधिक था। उसके हाथ मेरे कपोलों पर नहीं, घोड़े की लगाम पर थे। अपनी नवविवाहिता के सुखों के स्थान पर इस हेतु अधिक व्याकुल था कि साथ आ रहे सैनिकों और परिचारिकाओं को कोई असुविधा न हो।

रह–रहकर उस शर्मिष्ठा से पूछना कि वह ठीक तो है न। वह स्त्री जिसके सुख की चिन्ता उसके पिता को नहीं, ययाति उसकी सुविधाओं को लेकर अधिक व्यथित थे।

हाँ, मैंने वचन माँगा था महाराज वृषपर्वा से कि उनकी मानिनी–घमण्डी पुत्री अपने अपराधों का दण्ड मेरी 'परिचारिका' बनकर भुगते, परन्तु उनसे मैंने यह कब कहा था कि अपने बेड़े का सबसे सुन्दर वाहन, जिसे उनकी महारानी ने अपनी पुत्री के विवाह के लिए विशेष रूप से तैयार करवाया था, वह मुझे सौंप दें। आती वह अपने भूमि–पुष्पक में... अब महाराज वृषपर्वा को ही शर्मिष्ठा उस अनन्य सुन्दर वाहन के योग्य नहीं लगी तो क्या यह भी मेरा ही दोष है?

पहले कच, तत्पश्चात ययाति... मेरे जीवन के हर पुरुष को वह मायाविनी शर्मिष्ठा भली लगती रही है और मैं मायाविनी। सबके सब उसके छद्म बाह्य रूप को ही अन्तिम सत्य मान कर उसकी पूजा करते रहे हैं, जबकि यह केवल मुझे ज्ञात है कि वह आसुरी कितनी मायाविनी है, जिसने पहले मेरे पिता समेत आश्रम के सभी लोगों को अपनी माया से मोह रखा था, उस उपरान्त हस्तिनापुर के राजप्रासाद के सभी लोगों को। मैं महाराज की पत्नी थी और वह केवल मेरी परिचारिका, किन्तु हर कोई उसका यूँ सम्मान करता जैसे वह कोई रानी हो।

पहले ययाति की माताश्री ने उसे यमुनालय दे दिया। मेरे बार–बार कहने पर भी, कि शर्मिष्ठा एक आम परिचारिका है, मैं उसे लेकर महल की अन्य परिचारिकाओं के साथ भेदभाव नहीं करना चाहती, उसे भी वहीं रहना चाहिए... माताश्री ने मेरे कथन पर बिल्कुल ध्यान नहीं देते हुए, शर्मिष्ठा हेतु एक अलग राजभवन का प्रबन्ध करवा दिया था। शर्मिष्ठा राज–परिवारों के इतिहास में सम्भवतः इकलौती परिचारिका थी जिसकी सेवा में परिचारिकाएँ नियुक्त थीं।

उसके ऊपर कुल कार्यभार मेरी सेवा का था। कभी–कभी मुझे चँवर झल देना। कभी मेरे केशों को सज्जित कर देना... इतने में भी वह इस तरह बोझिल रहती, जैसे विष्णु और ब्रह्मा ने अपने कार्य उसे ही सौंप दिये हैं। इस पर नीम का लेपन लगा दिया था राजमाता के अतिरिक्त स्नेह और ययाति की सहानुभूति ने।

जाने कौन–सी माया जानती थी वह मायाविनी जो महाराज बिछ जाते उसके सम्मुख। पान के पत्ते को लपेटकर भी वह प्रस्तुत कर देती तो महाराज का मुख झट से रंग जाता और मैं इतने जतन से ताम्बूल तैयार करती, वह भी महाराज को कसैला ही लगता।

शर्मिष्ठा ने सदैव मेरा श्री मुझसे चुराया है। उस रात्रि को जब मैं कच से मिलने गयी थी वह सन्निपात की सी अवस्था में था। किसी गहन चिन्ता में लीन हो जैसे...

वे पल बड़ी कठिनाई से बीते थे। उसी सुबह मैंने कच से अपने हृदय की बात साझा की थी। न जाने कच को क्या हुआ था?

'मैं आपकी संगिनी बनना चाहती हूँ कचदेव।' केवल इतना ही तो कहा था मैंने। मैं देवयानी थी, वह देवयानी जिसने अपने पिता के मानों की चिन्ता न करते हुए कच के प्राण बचाये थे। वह देवयानी थी जिस पर कच को अपना सर्वस्व अर्पित कर देना चाहिए था, किन्तु कच ऐसे अचकचा गये थे जैसे मैंने उनसे देवलोक के पति विद्रोह करने का निवेदन किया हो। मेरे वाक्य पूर्णता प्राप्त करते उससे पहले ही कच लौट गये थे आश्रम को।

प्रेम की ऐसी गति किस स्वाभिमानिनी को रुचेगी? पल भर के लिए मुझे ऐसा लगा था जैसे किसी ने मेरे मान को जानबूझकर अपने पैरों तले रखकर कुचल दिया हो। होना तो यह चाहिए था कि मुझे उसी वेला में किसी कुएँ में कूदकर अपने प्राण हर लेने चाहिए थे अथवा पृथ्वी के उदर में समा जाना चाहिए था, किन्तु मैं अवमानना का हर घूँट पी गयी, और इसका समस्त दोष उस शर्मिष्ठा पर जाता है। उसके अनुरोधों, मीठे बोलों पर पिघलकर मैंने अपमान के ऊपर जीवन को रख दिया। उसने ही मुझसे कहा था कि कच बदलेगा, वह मुझे स्वीकार करेगा और उसकी बातों को मानकर मैंने रात्रि तक प्रतीक्षा की थी।

पहर बीतते जा रहे थे मगर कच का कहीं कोई पता न था। कच के आने की आश हर बीतते पहर के साथ छीजती जा रही थी। भोर का तारा माथे पर आने ही वाला था। कुछ देर में आश्रम के अन्य सभी लोग उठ जाते। मैंने अपनी समस्त शक्तियाँ बटोरी और जा पहुँची कच की कुटी के सम्मुख... किवाड़ पूरी तरह बन्द नहीं थे। दीपक का प्रकाश छनकर बाहर तक आ रहा था, अर्थात् कच जाग रहे थे।

मेरा उन पर अधिकार था। मैं बिना अनुमति उनके कक्ष में प्रवेश कर सकती थी, किन्तु मेरा यह भान केवल भ्रम था।

किवाड़ हटाकर अन्दर प्रवेश करते ही मैं आश्चर्यचकित हो उठी। कच अर्द्धमूर्छा की अवस्था में आसन लगाये अस्फुट स्वरों में लगातार कुछ बोलते जा रहे थे...

उन स्वरों को सुनकर उनका अधिकतम मर्म मैंने यह लगाया था—'देवताओं के सम्मान में...'

उनकी यह अवस्था देखकर मैं बहुत भयभीत हो गयी थी। जिस कच के जीवन की रक्षा के लिए मैंने पिताश्री की संजीवनी विद्या तक कच को दे दी थी, वे इस प्रकार सन्निपात की सी अवस्था में थे। उनकी मूर्छा दूर करने के लिए मैंने उनके हाथ को पकड़कर उन्हें जगाने का प्रयास किया था। जैसे ही मैंने उनका हाथ पकड़ा था, कच जग गये। उन्होंने झटके से अपना हाथ मेरे हाथ से छुड़ाया और अत्यन्त क्रोध में मुझसे कहने लगे, 'देवी देवयानी, आपने अपनी लज्जा सम्पूर्ण रूप से त्यागने का निर्णय कर लिया है, वह आपकी इच्छा है किन्तु मुझे अभी अपने कुल और गुरु की गरिमा का भान है। प्रथम आप बिना अनुमति मेरे कुटी में प्रवेश कर गयीं और अब अपनी वासनात्मक इच्छा में वशीभूत होकर मेरा स्पर्श कर रही हैं।'

क्या लगता है आपको? यह बृहस्पति पुत्र आपके सौन्दर्य का दास बन जायेगा? क्षमा देवी, मेरा संज्ञान अभी मूर्छित नहीं हुआ है। आप मेरे गुरु की दुहिता हैं, मेरे लिए आपका स्पर्श सदैव वर्जित रहेगा और आपने जिस लज्जा का आज त्याग कर मुझे स्पर्श करके स्वयं और मुझे दोनों को पाप का भागीदार बनाया है, मेरा श्राप है कि वह लज्जा आज से आपसे सदैव के लिए छूट जायेगी और कोई भी लज्जाशील द्विज आपका पाणिग्रहण नहीं करेगा...

क्या कोई ब्राह्मण कुमार भी इतना निष्ठुर हुआ है जितने कचदेव थे? क्रोध क्षत्रियों की शोभा थी किन्तु मेरा सौभाग्य एक सजातीय युवक के क्रोध ने ध्वंस किया था, वह भी बिना किसी दोष के।

मैं कचदेव को सुनकर मूक भाव से लौट जाती तो सम्भवतः भविष्य में त्यागमयी स्त्री के नाम से जानी जाती, किन्तु कच के निर्मम शब्दों ने मेरे अन्दर की स्वाभिमानी स्त्री को जागृत कर दिया था। मैं अपने प्रति किये गये इस अपराध का निर्णय प्राप्त करने के लिए पुराणों के लिखे जाने तक की प्रतीक्षा नहीं कर सकती थी। मुझे उस निष्ठुर श्राप का उत्तर देना था, ठीक उसी पल!

'द्विज कच, सर्वप्रथम यह कि आप अपने क्रोध को सँभालकर रखें। यह मैं आपके गुरु शुक्राचार्य की दुहिता होने के नाते आपसे

कह रही हूँ। मैं नहीं चाहती कि कठोर श्रम से अर्जित मेरे पिता का ज्ञान जिसे आपने मेरी कृपा से बिना अधिक श्रम के प्राप्त कर लिया है, उसका कोई दुरुपयोग हो।

द्वितीय, मैं आपसे प्रेम कर बैठी थी, यह अकाट्य सत्य है, किन्तु मैंने अभी आपका स्पर्श अपनी वासना के वशीभूत होकर किया था, यह उतना ही बड़ा असत्य है। आपकी मूर्छा देखकर मैं आपके प्रति चिन्तित हुई थी और केवल यही कारण था कि मैंने आपका स्पर्श किया था।

मैंने अभी–अभी आपके अस्फुट स्वरों का सम्भाषण सुना और अब सब समझ गयी हूँ। आपका एकमात्र उद्देश्य देवताओं की शक्ति और मान में वृद्धि के लिए मेरे पिता दैत्यगुरु शुक्राचार्य से संजीवनी विद्या प्राप्त करना था। उस उद्देश्य की पूर्ति में आपने मुझसे और मेरी सखी शर्मिष्ठा से मित्रता कर हमें मात्र अपने उद्देश्यपूर्ति का साधन बनाया।

मुझे हर्ष है कि हर बार आपके जीवन की रक्षा कर मैंने अपने मैत्री दायित्व की रक्षा की किन्तु आपने जिस उद्देश्य के लिए मेरे कोमल मन पर ऐसा कुठाराघात किया है, वह उद्देश्य कभी पूर्ण नहीं होगा। जब भी आपको संजीवनी विद्या की सबसे अधिक आवश्यकता होगी, विस्मृति आपकी सखी होगी। शुभ यात्रा!

क्या एक भी शब्द अनुचित कहा था मैंने? क्या वर्तमान की एकमात्र अपराधिनी मैं हूँ? क्या कच का कोई दोष नहीं? क्या किसी से हृदय जोड़ लेना इतनी बड़ी भूल है कि स्त्री को हर बार अपनी चारित्रिक शुचिता का प्रमाण–पत्र देना पड़े? और वह किस प्रकार का चरित्र कि एक स्त्री को केवल अपने प्रति अनुराग का दण्ड आप उसे कुल–भ्रष्ट होने का श्राप देकर दें। क्षमा कीजियेगा कचदेव, यदि भविष्य मुझे चारित्रिक दोष देता है तो उसके दोषी मात्र और मात्र आप होंगे। मेरे चिरन्तन अपराधी आप होंगे।

शर्मिष्ठा, तुम भी तो कम दोषी नहीं! कच ने मुझसे मेरा कुल छीना था तो तुमने मुझसे मेरी अन्तिम जीवन–आशा भी छीन ली थी।

वह तुम थीं न, जिसने कच के प्रति मेरी प्रीती को हवा दी थी।

मैंने अपनी आत्मा के अतिरिक्त इसका भान किसी को नहीं लगने दिया था। मेरी कुटी की दीवारें भी मेरी आत्मा के स्वरों से अवगत नहीं थीं। मैं यूँ ही नहीं कहती कि तुम आसुरी मायाविनी हो... जिन भावनाओं को मैंने तहों में छिपाकर रखा था, जाने तुम कैसे उनसे अवगत हो गयीं। मेरी स्मृति में आश्रम के दिनों का वह सन्ध्या–विहार अब भी एकदम धवल है। आम दिनों से कितना अलग दिन था वह। अन्य दिनों में मेरे सादे कपड़ों पर न्योछावर रहने वाली वृषपर्वा पुत्री उस दिन मेरे लिए नये रंगीन रेशमी वस्त्र लेकर आयी थी। सदैव रथ पर अकेली आने वाली शर्मिष्ठा जो आश्रम के द्वार पर पहुँचने से पहले ही सारथी को विदा कर देती थी और पैदल आश्रम में प्रवेश करती थी, उस दिन कई दासियों के साथ आयी थी।

आने के साथ ही दासियों ने मुझे घेर लिया था। गहने और कपड़े से सजी थालियाँ मेरी कुटी में सजा दी गयी थीं।

'देवयानी तुम्हारे लिए उपहार है'–कहते हुए तुम मुस्कुराई थी। मैं भौंचक्क थी। वह न तो किसी राजकीय उत्सव का दिवस था न ही मेरा जन्मदिन, फिर इन उपहारों की बौछार क्यों?

'ऐसे हतप्रभ होकर क्या देख रही हो देवयानी?' यह तुम्हारे लिए उत्सव का दिन हो या न हो, मेरे लिए बड़े हर्ष का दिन है। मेरी सखी प्रेम में है और मैं उत्सव भी न मनाऊँ।

आज तुम कुछ इस तरह श्रृंगार करो कि कचदेव तुम्हें अपलक देखते रह जायें। वह बात जो मैंने पवन और पेड़ तक से नहीं कही थी, वह तुम्हारे मुख से सुनकर मैं असीम आश्चर्य में थी। लज्जा से मेरे कपोल लाल हो गये थे।

'यह तुमने कैसे जाना?' मैं आश्चर्य में प्रश्न कर बैठी थी और तुमने कितनी चतुराई से इसे टाल दिया था।

क्या उत्तर दिया था तुमने... 'तुम्हारे नेत्रों के हर भाव को पहचानती हूँ मैं सखी।' इस उत्तर पर कोई क्या प्रति–प्रश्न करे।

कितने मनुहार से तुम मुझे वह रक्तिम वस्त्र धारण करने को बोल रही थी।

‘यह ललछौंहा पहनो न देवयानी, कचदेव को घर की याद नहीं आयेगी। उर्वशी और रम्भा भी तुम्हारे सामने मद्धिम लगेंगी।’

तुम जाने क्या–क्या कह रही थीं शर्मिष्ठा परन्तु मुझे ज्ञात था कि कच मुझे इस तरह देखकर प्रसन्न न होंगे और पिताश्री भी इस पक्ष में नहीं कि उनकी पुत्री आश्रम में रेशमी वस्त्रों में विचरण करे, किन्तु केवल तुम्हारे औदार्य का सम्मान करने हेतु मैं इस बात से सम्मत हुई थी कि परिचारिकाएँ चाहें तो मेरी वेणी का श्रृंगार कर दें। उनसे निवृत्त होकर हम दोनों सन्ध्या–विहार के लिए आश्रम के उद्यान की ओर गये थे।

तुम उद्यान में पुष्प चुन रही थी।

‘आओ देवयानी तुम्हारी वेणी में ये पुष्प गूँथ दूँ। कचदेव के श्रम का प्रतिफल हैं ये पुष्प। इनकी वास्तविक जगह तुम्हारी वेणी ही है।’ कितना मय था तुम्हारे उन चुहल भरे शब्दों में!

लज्जा और अनुराग के सम्मिलित भाव मेरे अंग–अंग से प्रस्फुटित हो रहे थे। तुम्हारे निरन्तर चुहल पर मैं भयभीत भी हो रही थी कि कहीं कोई हमारी बातें न सुन ले। मैं जितना डर रही थी, तुम मुझे उतना ही प्रोत्साहित कर रही थी कि अपने मनोभावों से कच को अवगत करवाऊँ।

कचदेव अगले कुछ दिनों में अपना विद्याध्ययन पूर्ण कर लौट जाने वाले थे। तुम्हारा प्रोत्साहन और भावनाओं के अस्फुट रह जाने के, ये दो ही कारक थे कच द्वारा की गयी मेरी अवमानना के। तुम जानती थी न शर्मिष्ठा कि कच की प्रतिक्रिया ऐसी ही होगी। यह तुम्हारा षडयन्त्र था! तुम्हारा प्रतिशोध भी!

तुम महाराज वृषपर्वा की पुत्री थी और मैं एक साधारण ब्राह्मण कन्या, किन्तु लोक मेरा मान अधिक करता था। तुम्हारे पिता के इशारे पर राज्य की पूरी सेना सावधान की मुद्रा में आ जाती थी, परन्तु तुम्हारे पिता मेरे पिता के सामने नत रहते थे।

प्रतिभा और सौन्दर्य की ओर देखो तो अपने सादे वस्त्रों में भी मैं तुमसे कहीं अधिक रूपसी लगती थी। मेरी नृत्य प्रतिभा के प्रशंसक

तीनों लोक में थे। तुम्हें अपनी धनुर्विद्या का गर्व था, किन्तु उसका भी क्या उपयोग किया तुमने? वह धनुर्विद्या जिसका उपयोग कर तुम अच्छी आखेटक बन सकती थी, उसकी जगह तुम पक्षियों और जानवरों को चित्रित करने में लगी रहती थी। मेरे पिता न होते तो जो तनिक सम्मान तुम्हें प्राप्त था शास्त्रों की ज्ञाता होने का, उसका रत्ती–भर भी न प्राप्त होता।

तुम्हें स्मरण हो न हो, मेरी स्मृति में तुम्हारे पिता महाराज वृषपर्वा द्वारा करवाये गये उस मेधा–संगमन प्रतियोगिता का वह पल अब भी उसी प्रकार चुभता है जैसे अँधेरे कमरे से उजास में आये व्यक्ति को प्रकाश की पहली किरणें। जैसे ही मेरे पिता आचार्य शुक्राचार्य ने तुम्हें विजेता घोषित किया, तुम्हारे होंठों पर एक कँटीली मुस्कराहट तिर गयी थी। मुझे उसका भेद भली–भाँति मालूम ज्ञात है शर्मिष्ठा!

उस प्रतियोगिता से पहले तुमने चित्रकारी प्रतियोगिता और मैंने नृत्य प्रतियोगिता में विजय प्राप्त कर ली थी। लोग तुम्हारे बोलते हुए चित्रों के समक्ष पलक झपकाना भी भूल गये थे, पर उनके उन्हीं मुग्ध नेत्रों ने जब मुझे नृत्य करते हुए देखा तो वे पिछला सब बिसार गये। राज्य के जिन कोनों की तुम्हारी कूचियाँ कल्पना भी नहीं कर सकती थीं, वहाँ भी मेरे नृत्य की चर्चा हो रही थी।

जिस कला में तुम्हें निपुण होना था, उसके तमाम लय और थाप मेरे नाम हो चुके थे। यह ब्राह्मण कन्या कहाँ नृत्य सीखती! मैं नित्य राजभवन जाती और तुम्हें राजमाता अविघ्ना की देख–रेख में नृत्य सीखते देख मुग्ध हो जाती। ईश्वर सुखी रखें तुम्हारी माता अविघ्ना को... मेरी मुग्ध दृष्टि भाँप कर कैसे उन्होंने स्वयं ही मुझे भी नृत्य सिखाने का निर्णय कर लिया था और देखो कैसे उनकी ही पुत्री को मात देकर मैं कितनी कुशल नृत्यांगना बन गयी थी। तुम अवश्य ही मेरी नृत्य–कुशलता की ख्याति से इर्ष्या करती होगी। यह बात तुमने अपने मुख से भले ही न कहा हो, तुम्हारी मुँह–लगी दासियों

के व्यवहार में समय–समय पर परिलक्षित हो ही जाता था। कितने क्षणों का ध्यान करूँ पूर्व सखी?

वह पल जब आखेट पर हो रहे वाद–विवाद के मध्य मैंने तुमसे कहा था कि हम–दोनों को भेजने में ईश्वर से निस्सन्देह कोई त्रुटि हुई है, उस पर तुम्हारी सखी सदृश्य परिचारिका का यह कहना कि मुझे शुक्राचार्य पुत्री होने का अतिशय गर्व है, अथवा कमलदल की तैराकी प्रतियोगिता में मेरी हार पर नमक मलता हुआ तुम्हारी आसुरी सखी का वह व्यंग्य कि मेरा क्रोध कहीं मेरे नाश का कारण न बन जाये!

जानती हो देवयानी, तुम्हारी वे परिचारिकाएँ और मुँहलगी सखियाँ न होतीं तो तुम्हें कम दण्ड मिलता! क्या कहा था उन्होंने, मेरा क्रोध मेरा नाश करेगा? अब कहाँ हैं वे? देख नहीं सकती कि मेरे क्रोध ने मेरा नाश जो किया सो किया, मगर तुम्हारा सर्वनाश अवश्य कर दिया।

मैंने उस दिन नियति की भाषा ही बोली थी शर्मिष्ठा कि ईश्वर ने हम दोनों को भेजने में त्रुटि कर दी थी। सच कहूँ तो मुझे भेजने में नहीं, हमारे पिताओं के स्थापन में। मेरे पिता असुरों के कुलगुरु शुक्राचार्य किसी भी असुर से अधिक शक्तिशाली और योग्य थे, तुम्हारे पिता वृषपर्वा की क्या ही बिसात थी उनके समक्ष किन्तु हाय रे, असुर गुरु शुक्राचार्य की नैतिकता।

'द्विज राजकर्म के लिए नहीं, शिक्षाकर्म के लिए बने होते हैं!' उनकी सहृदयता मेरे हृदय पर साँप की तरह लोटती थी। इतने योग्य पिता की पुत्री होने के पश्चात भी मैं सादा जीवन व्यतीत करूँ और तुम केवल नियति के लाभ से समस्त ऐश्वर्यों को भोगो, यह कैसे स्वीकृत होता मुझे?

देखो, सब अपने अनुसार परिवर्तित कर लिया न मैंने! मैं आज हस्तिनापुर की महारानी हूँ। उस स्थान पर हूँ जहाँ तुम्हारे होने के स्वप्न तुम्हारी माताश्री अविघ्ना देखा करती थीं।

अहा! मैं अब भी हर्ष मनाती हूँ उस दिन का जब कच के कोप से उबरकर मैं तुमसे मिलने राजभवन आयी थी और ज्ञात हुआ था कि तुम माता अविघ्ना के कक्ष में हो। माता अविघ्ना के कक्ष में प्रवेश

से पहले ही मुझ तक उनका स्वर आया, साथ–साथ एक पुरुष स्वर भी। सम्भवतः महाराज भी उनके साथ कक्ष में थे। मैं लौटने को हुई ही थी कि लगा जैसे महारानी ने ययाति का नाम लिया हो। ययाति, हस्तिनापुर के महाराज ययाति अर्थात् कच के बालसखा ययाति। महारानी के मुख से ययाति के नाम ने मुझे उनकी बात सुनने को उत्सुक कर दिया। महाराज और महारानी ययाति से तुम्हारा वैवाहिक सम्बन्ध जोड़ने के विषय में विमर्श कर रहे थे।

कितने पाखण्डी थे तुम्हारे माता–पिता! लोक में मुझे भी अपनी पुत्री सदृश बताते थे और यहाँ मेरे दुखों के शव पर अपनी पुत्री की गृहस्थी बसाने के स्वप्न देख रहे थे। काश, शिव एक पल के लिए अपनी शक्तियाँ मुझे दे देते, वृषपर्वा के सम्पूर्ण राज्य का समापन मैं उस पल में कर देती।

और तुम कितनी लज्जाहीन थी? एक ओर तुम्हारे माता–पिता मेरे दुखों को भूलकर तुम्हें सुखी बनाना चाह रहे थे, तुम्हारी शक्तियों को बढ़ते देखना चाह रहे थे और दूसरी ओर तुम सब जानते–बूझते हुए मेरी वेदना बढ़ाने ही तो आयी थी। तुम स्वयं हस्तिनापुर की महारानी बनो और यह शुक्राचार्य कन्या अपने कष्टों में लिप्त होकर रह जाये।

नियति स्वयं मेरे पक्ष में थी शर्मिष्ठा! तुम्हारी उस आसुरी सखी ने तैराकी में मेरे पिछड़ जाने पर मेरा उपहास नहीं किया था, तुम्हारे सर्वनाश को आमन्त्रित किया था। मेरे उस क्रोध को और उद्वेलित किया था जो एक दिन पूर्व से ही–जबसे मैं तुम्हारे माता–पिता के तुम्हारे विवाह सम्बन्धी विमर्श से अवगत हुई थी–तुम्हें जला डालने को आतुर था।

तुम सादा लिबास लेकर आयी थी उस दिन, मैंने तुम्हारी अनन्य परिचारिका के हाथों में पकड़े वस्त्रदान में देख लिया था। उस मूर्खा को भले ही ज्ञात हो न हो, किन्तु मैं तुम्हारे स्वभाव से अवगत थी। तुम इन उष्ण दिनों में अगर राजकीय अनिवार्यता न हो तो तुम रेशमी

वस्त्र की जगह साधारण सूती वस्त्र पहनना पसन्द करती हो और चूँकि उस दिन तुमने मुझे जलक्रीड़ा का आमन्त्रण दिया था, बहुत सम्भव था कि तुम सन्ध्या राजभवन से दूर जलाशय के पास वाले सरोवर में व्यतीत करो। ऐसे पलों में राजकीयता से हर सम्भव दूरी रखती हो। यही सोचकर मैंने इन्द्रपत्नी द्वारा माँ को दिया गया वह दिव्य वस्त्र अपने लिए रखा था। वह वस्त्र जिसे मैं कच की अर्धांगिनी बनते हुए धारण करती। मेरे उस स्वप्न की मृत्यु हो चुकी थी और उसका सबसे बड़ा कारण तुम थी। मैं उस वस्त्र को निमित्त बना सकती थी तुमसे अपने अपमान का प्रतिशोध लेने के लिए। मैं तुम्हें तुम्हारी प्रिय सखियों और परिचारिकाओं के सम्मुख भी नीचा दिखा सकी, तो तुम जैसी गर्विणी को कितना कष्ट होगा, यह ज्ञात था मुझे।

मैं जानती थी कि तुम्हारी मूर्खा परिचारिका तुम्हें मेरी माँ का वस्त्र देगी और इसके मैं तुमसे वह सब कह सकूँगी जो सदैव कहना चाहती थी।

देखो न, उस दिन नियति जैसे मेरे इशारों पर चल रही थी। मैं जानती थी कि तुम मुझसे अच्छी तैराक हो, प्रतियोगिता तुम ही जीतोगी। मैं हारने का क्रोध प्रदर्शित कर तुम्हारे प्रिय कमलपुष्पों को मूल–रहित कर सकूँगी। उन्हें छिन्न–भिन्न होते देख तुम्हारे मुख पर उभरे भाव मेरे सुख का कारण थे। मैंने वैसा ही किया। एक पल को तुम्हारे माथे पर उभरी विषाद की रेखाएँ मेरा हाथ रोक लेतीं, किन्तु तुम्हारी परिचारिका की टिप्पणी ने उन बिचारे कमलपुष्पों के सम्पूर्ण कुल को उस जलाशय में प्राणहीन कर दिया। कुल तो तुम्हारा भी न बचता शर्मिष्ठा जो तुम मेरी सेविका बनने को तैयार न होती।

वह दिवस केवल और केवल देवयानी का था मेरी सखी। ब्रह्मा ने उस दिन अपनी लेखनी देवयानी के हाथों में थमा दी थी, अन्यथा क्यों कर इतनी घोर वृष्टि होती, क्यों पवन का वेग इतना तीव्र होता कि अन्य पलों में अपने वस्त्रों पर अति ध्यान देने वाली शर्मिष्ठा परिचारिका के हाथ से छीनकर जो भी मिले उसे अपने अंगों पर लपेट ले!

मेरी जो इच्छा थी, ठीक वैसा ही हो रहा था शर्मिष्ठा! तुमने पवन

के वेग से भयभीत होकर अपने अंगों को ढकने के लिए आनन–फानन में मेरे वस्त्र धारण कर लिए थे। मेरा उद्देश्य अपनी प्रथम बाधा पार कर चुका था। मैं तुमसे उन सब पलों का प्रतिशोध ले सकती थी जब–जब तुम मेरी अवमानना का कारण बनी थी।

मैं कहूँगी और तुम सुनोगी! सदैव यही तो होता आया था। उस दिन भी यही होना था, परन्तु तुम बोल पड़ीं। उस दिन तुम आम शर्मिष्ठा नहीं थी, वह वृषपर्वा की पुत्री शर्मिष्ठा थी जिसके मुख से अचानक बोल फूट पड़े थे। वह वृषपर्वा जो मेरे पिता की दया–दृष्टि पर असुरों का राजा बना हुआ था। उसकी पुत्री का साहस यह कि वह मेरे सामने अपना स्वर ऊँचा करे! मेरी अवमानना करे!

मैं तुरन्त अपने पिता को तुम्हारी इस धृष्टता से अवगत करवाना चाह रही थी, किन्तु तुम अपने पिता की सन्तान हो, उतनी ही चतुर। तुम्हें ज्ञात था कि मेरे पिता तनिक भी क्रोधित हुए तो तुम्हारे पिता पर संकट आ जायेगा। तुम मुझे रोकने के लिए मेरे पीछे आ रही थी और देखो, ईश्वर की लीला, तुम मुझे वहाँ रोक पायी जहाँ वह अन्धकूप था। मैं क्रोध में तुम्हें उस कूप में धकेल देना चाह रही थी। मेरी इच्छा थी कि उस कूप के ज़हरीले नाग अपने विष से तुम्हारे प्राण हर लें, किन्तु तुमने अपनी युद्ध विद्या का प्रयोग कर स्वयं को बचा लिया था और तुम्हारे स्थान पर अन्धकूप में मैं थी। मुझे यह भी ज्ञात है कि तुम उस पल मुझे मरने के लिए छोड़कर नहीं गयी थी अपितु मुझे निकालने के लिए मदद लेने गयी थी, परन्तु उतनी ही देर में ईश्वर ने दूसरी लीला रच दी।

हस्तिनापुर का सम्राट, तुम्हारा भावी वर और कच का बालसखा ययाति जाने कहाँ से भूल–भटककर उसी अन्धकूप तक आ पहुँचा था। यह कितनी साधारण बात थी कि मुझे बाहर निकालते हुए हमारे हाथ स्पर्शित हुए थे। यह किसी के भी साथ होता, किन्तु सभी ययाति नहीं होते। उसके परिचय ने मेरे मस्तिष्क में आगामी सम्पूर्ण भविष्य की रूपरेखा खींच दी। मैं एक पल में असुर राजपुत्री शर्मिष्ठा का भावी ऐश्वर्य अपने नाम कर सकती थी। कच से प्रतिशोध ले सकती

थी। वृषपर्वा और उसकी पत्नी को स्वयं के साथ विश्वासघात करने का दण्ड दे सकती थी और उस शक्ति की स्वामिनी हो सकती थी जिसका तुम्हें सदैव गर्व रहा है।

यह मेरा सौभाग्य था कि ययाति पाणिग्रहण के मेरे तर्क पर समुचित उत्तर नहीं ढूँढ़ पाया। कच होता तो कह देता, 'ऐसा ही है तो व्यतीत करो जीवन उस अन्धकूप में! किसी कन्या का जीवन बचाना मेरे सम्पूर्ण धर्म और पितृ अर्जित पुण्यों पर प्रश्न उठाता है तो उचित है कि मैं अपने धर्म की रक्षा करूँ।'

किन्तु कच तुम्हारा बालसखा तनिक भावुक था। वह सुन्दर स्त्री के तर्कों में बँध गया। देवयानी ने वहाँ स्वयं को युगों के लोगों के मानस पर अंकित कर लिया था। देवयानी ने लिख दी थी गाथा युगों–युगों के लिए शर्मिष्ठा की!

वह शर्मिष्ठा जिससे सब छीनना था देवयानी को, किन्तु सब प्राप्त कर भी सदैव हीन बनी रही देवयानी! मैंने तुम्हारा सौभाग्य ध्वस्त किया था शर्मिष्ठा। तुमसे तुम्हारा वर हर लिया था, किन्तु विधि की दुष्टता ने मुझे भी कहीं का न छोड़ा!

मैंने तुम्हारे भावी वर का हरण किया था शर्मिष्ठा, तुमने मेरे पति को मुझसे छीन लिया! मेरे कहने पर पिता शुक्राचार्य ने असुरों के सम्मुख यह तुम्हारी मेरे प्रति दासता अथवा असुरकुल का समापन–दो विकल्प रखे थे। मैं कितनी हर्षित थी!

वह स्त्री जिसका जीवन सदैव मेरी इर्ष्या का विषय रहा है, वह मेरी सेविका बनेगी–यौवन की अग्नि में एकमेव जलती हुई, किसी साथी के सान्निध्य को तरसती हुई!

मुझे सब ज्ञात था किन्तु यह नहीं कि जिस पुरुष को मैंने अपने शब्दों में उलझाया था वह तुम्हारे रूप और यौवन के चक्र में उलझ जायेगा। मैंने तुम्हारा यौवन पुरुषहीन रखने की चेष्टा की थी, तुमने मेरे पुरुष पर ही अपनी दृष्टि गाह दी।

ययाति का तो सम्पूर्ण कुल ही चरित्रहीन था। जस तात, तस पुत्र! पिता शचि के मोह में स्वर्गच्युत हुए और इस ययाति को वासना के मद में यह भी भान न रहा कि मैं शुक्राचार्य पुत्री हूँ। वही देवयानी हूँ जो अपनी इच्छा से न केवल कच को संजीवनी का ज्ञाता बना सकती है बल्कि क्रोधित होने पर असुरों के सम्पूर्ण कुल के नाश की लीला भी रच सकती हूँ। ययाति मेरा पति हुआ तो क्या हुआ, उसे उसके किये का दण्ड अवश्य मिलेगा। मेरा 'श्री' मेरी चिर शत्रु को देने वाले इस व्यक्ति का यौवन और पुरुषत्व न छीन लिया मैंने, तो मैं भी शुक्राचार्य पुत्री नहीं!

# आगत

'भद्रे!'

कचदेव यहाँ!

शर्मिष्ठा ने मुख उठाया तो देखा सम्मुख बृहस्पति पुत्र खड़े हैं। लाज की एक रेखा समूचे शरीर में तिर गयी। कहीं कचदेव की दृष्टि उसके रेखाचित्रों पर न पड़ गयी हो। ये ऋतुस्नान से निबटने के दिन हैं। अन्य दिनों में मन भले ही पुरु के आगे–पीछे भागने में आपने पल पूर्ण कर लेता हो पर रजस्वला होने के तुरन्त बाद के ये कुछ दिवस जग भर का कष्ट समेटे आते हैं। नहीं ध्यान आता है ययाति का अन्य दिनों में, इन कुछ दिवसों में अतीत जैसे चलायमान चित्रों की तरह बीतता है। वह प्रथम स्पर्श जब खींचकर उन लौहबाहुओं ने अपने पाश में भर लिया था। वह दिवस जब पटल पर रेखाएँ खींचते हुए जाने कब और कैसे उन रेखाओं ने महाराज ययाति का रूप धारण कर लिया था। उस रेखाचित्र को अन्तिम रूप देते हुए देख लिया था स्वयं महाराज ने!

वह भेदती दृष्टि, जिसके सम्मुख होते ही नेत्र लाज से स्वयं नीचे झुक जाते। देवयानी की सेवा के क्षणों में महाराज का औचक ही उस कक्ष में उपस्थित हो जाना और अपनी तायुदृष्टि (चोरदृष्टि)

से उसके सम्पूर्ण अस्तित्त्व को अपनी उष्णता में लपेट लेना। इस उष्णता की लपट में उसके कर्ण–पटल रक्तिम हो जाते। शरीर का रोम–रोम सूरज के ताप में पिघलते हिमशिखर की मानिन्द पिघलने लगता और उसी क्रम में महाराज का अतिशय निकट आकर ताम्बूल माँगना! ताम्बूल लेते हुए उसकी उँगलियों को इस प्रकार चटका देना कि उसके और महाराज के अतिरिक्त किसी को कुछ ज्ञात न हो। महाराज ताम्बूल लेकर एक स्मित के साथ प्रस्थान कर जायें और उसका रोम–रोम तात्कालिक विछोह के अनल में दहकता रहे!

मुख पर ओढ़ी गम्भीरता, नेत्रों में छिपा मन्दहास! इच्छा यह कि इस बालमन महाराज का मुख पकड़कर होंठों पर चुम्बन जड़ दिया जाये। उनकी समस्त दुष्टता को इस एक उत्तर से ध्वस्त कर दिया जाये पर समस्त इच्छाओं को हृदय के कपाट में बन्द कर रात्रि की प्रतीक्षा की जाती थी। वह वेला जब महाराज उसके कक्ष में होते थे। जब उन्हें उसके निकट आने के लिए न ताम्बूल माँगने की आवश्यकता होती थी, न किसी की दृष्टि बचाकर उसकी उँगलियों को चटकाने की। कलाधर को साक्ष्य रखकर व्यतीत किये गये उन पलों में हस्तिनापुर का सम्राट केवल उसका होता था। उसका वह कक्ष दो हृदयों का मिलन–स्थल!

कितने सुन्दर पल थे वे। जब भी उन पलों की स्मृति आती है प्रतीत होता है जैसे रक्त अपने उच्चतम वेग से आकर उसके दोनों कपोलों पर इकट्ठा हो गया है। उरोज स्वयंमेव ही अपनी कोमलता छोड़ देते हैं और देह सिन्धुमय हो जाती है, इस प्रकार कि एक सु–स्पर्श भी समूचे तन में ज्वार–भाटा ला दे!

मास के उन सबसे दुर्गम दिनों में पूर्व की स्मृतियाँ बैरन–सी काटती हैं, जैसे देवयानी ने अब इन स्मृतियों को उसका पता दिया हो। मिलन को आतुर देह को नियन्त्रण में रखने का एक ही साधन है, उन स्मृतियों को पुनः–पुनः जीना! इन पलों की एकमात्र साथिन होती है उसकी चित्रकला!

कूचियों का साथ तो तब ही छूट गया था जब हस्तिनापुर छूटा था,

पर कला सदैव सहगामिनी रही थी। अन्तर मात्र इतना कि वे दृश्य जो कभी रंगों के साथ चित्रपट पर सजीव हो जाया करते थे, अब धरती के धूसर रंगों में केवल रेखाओं के माध्यम से अपना जीवन तलाश रहे थे!

उन रेखाचित्रों में अतीत अपनी सम्पूर्ण विशालता के साथ उपस्थित था। प्रत्येक पल वर्तमान को सर्जित करने में अपनी भूमिका की विवेचना कर रहा था–शर्मिष्ठा और ययाति के संग की व्याख्या कर रहा था... जिन पलों को कचदेव के समक्ष लाज–सम्मत होना चाहिए।

अपने आँचल का एक कोर रेखाचित्रों पर गिराते हुए शर्मिष्ठा ने कचदेव का अभिवादन किया!

'पुरु कहाँ है भद्रे? मैं पुरु और आपको ढूँढ़ता हुआ आया तो दिशा ने बताया कि आप इस ओर हैं। कहीं मैंने कोई व्यवधान तो नहीं डाल दिया।

'नहीं! नहीं! कचदेव, मैं तो केवल मन को बहला रही थी। पुरु चित्रलेखा और अन्य बच्चों के संग पड़ोसी ग्राम की ओर गया है। वहाँ कोई उत्सव है।'

'यह चित्रलेखा कौन है शर्मिष्ठा? कहीं उस ग्राम के प्रधान की पुत्री तो नहीं।'

'हाँ कचदेव! पुरु की बाल–सखी है। उसका बड़ा ध्यान रखती है।'

'यह अच्छी बात है! शर्मिष्ठा, मैं आज आपके पास इसी से सम्बन्धित प्रयोजन से आया था। मैं पुरु के विषय में कुछ वार्तालाप करना चाह रहा था।'

'क्या हुआ कचदेव? पुरु ने कोई उद्दण्डता की?'

'आप माताओं की यही समस्या है। सन्तान के विषय में चर्चा हुई नहीं कि धुरी इसी बात पर अटक जाती है कहीं बालक ने कोई उद्दण्डता न कर दी हो। मेरी माता से मैं इसी कारणवश रूठा रहता था और अब आप भी उसी मार्ग पर हैं।'

कचदेव का कथन समाप्त होता उससे पहले ही वन का वह परिक्षेत्र एक अत्यन्त सुरीले हास्य स्वर से गुंजायमान हो उठा।

'आहा! कितने वर्षों बाद यह हास्य स्वर सुना है। महाराज वृषपर्वा

के प्रांगण को जीवन्त रखने वाले इस स्वर को कहाँ छिपा रखा था शर्मिष्ठा। आज आपके इस भ्राता की कर्मभूमि को भी महाराज वृषपर्वा के राज्य–सा आनन्द प्राप्त हो गया।'

शर्मिष्ठा के उन्मुक्त विहास को पूरित करते कच के शब्द भावनाओं का ज्वार लेकर लौटे थे जिसने विस्मृत हो चुके विगत पर की धूल अचानक ही झाड़ दी थी। नेत्रों की द्रवीभूत कोरों को अपने–अपने उत्तरीय के छोरों से पोंछते हुए, दोनों ने वार्ता को नयी दिशा की ओर मोड़ने का प्रयास किया।

'भद्रे... मैं यह कह रहा था कि हमारा पुरु अब बालक नहीं रहा।' स्मृतियों के औचक ही धवल हो जाने के कारण से लौहयुक्त हुए परिवेश को पूर्ववत बनाने की पहल कचदेव ने ही की थी।

'पुरु बालक नहीं रहा!'

अभी तो उसे लेकर आयी थी इस वन में। हथेलियों में समा जाता था और आज कचदेव कह रहे हैं कि पुरु अब बालक नहीं रहा। लम्बाई ही तो बढ़ी है उसकी बस... अन्यथा बालक ही तो है वह। दिनभर उछलता कूदता रहता है। भोजन का ग्रास भी माँ के हाथों से चाहिए। न शस्त्रों का ध्यान, न पुस्तिकाओं का।

खेल, खेल, और खेल... केवल इतना ही तो रहता है उसके ध्यान में। कैसे मान लूँ कचदेव की यह बात कि पुरु अब बालक नहीं रहा।'

'किस ध्यान में मग्न हो गयीं देवी शर्मिष्ठा!' ध्यान–मग्न शर्मिष्ठा को देख कचदेव पूछ बैठे।'

'पुरु के विषय में सोच रही थी कचदेव! बस मुझसे तनिक ऊँचा हो गया है देव, अन्यथा बुद्धि तो उसकी बालकों वाली ही है। अभी भी सब विस्मृत कर खेल में लीन रहता है।'

'ममत्व के लिए सन्तान सदैव अपने शैशव में ही रहता है भद्रे। मैं इस तथ्य से भली–भाँति अवगत हूँ।'

किन्तु यह भी उतना ही सत्य है कि अब पुरु अठारह वर्ष के हुए। उनका शैशव बीत चुका है और अब उन्हें नियम के अनुसार अन्य उत्तरदायित्व के लिए भी तैयार होना चाहिए।

मुझे ज्ञात हुआ कि आस–पास के ग्राम के सभी युवक हमारे पुरु से अत्यधिक प्रभावित हैं। पुरु एक प्रकार से उनके प्रधान हैं। उनके अधिकतर मित्र शास्त्र एवं शस्त्र दोनों ही विद्याओं में कुशल हैं। ययाति भी अपनी उम्र के इन दिवसों में इतने ही प्रखर थे। पुरु ने सोम वंश और अपने पिता के गुणों से दूर रहते हुए भी यथोचित आत्मसात किया है।

'पिता और सोमवंश के गुणों को! आहा भ्राता कच... अपनी इस भगिनी के सम्पूर्ण तप को आपने भी अनदेखा कर ही दिया!

किस पिता के गुण भ्राता कच? वह पिता जिसने उसके जन्म लेते ही उसे स्वयं से दूर कर दिया था। कौन–सा सोम वंश? वही न, जिसकी वर्तमान महारानी की मैं दासी रही हूँ। पुरु का जिस वंश से केवल एक शुक्राणु का सम्बन्ध रहा है...'

वाक्य के पूर्ण होने से पहले ही शर्मिष्ठा ने जीभ को दाँतों से काट लिया था। यह क्या कह दिया भ्राता के सम्मुख।

कच भी सर झुकाये खड़े थे। रौ में बोलते हुए कैसे वह मित्र के अधिक हो गये और उस मित्र के प्रेम में जीवन स्वाहा कर देने वाली भगिनी के मातृ–तप का ध्यान तक न रहा।

सत्य ही तो है शर्मिष्ठा का कहना! क्या दिया सोम वंश ने पुरु को और उसकी माता शर्मिष्ठा को? नियति साथ न होती तो यह बालक और उसकी माता दोनों उसी रात्रि को रीछ का आखेट बन गये होते जिस रात्रि को उन्होंने हस्तिनापुर छोड़ा था। यदि इस माता में सामर्थ्य न होता तो क्या पुरु उतना ही योग्य होता, जितना है!

'क्षमा भद्रे... मैं आपको कष्ट नहीं पहुँचाना चाहता था।'

भगिनी की पीड़ा से कचदेव के नेत्र और शब्द दोनों द्रवित हो उठे थे। स्वमुख से निकाले जा चुके शब्दों की तीव्रता शर्मिष्ठा को भी कोंच रही थी।

सजल नेत्रों को सामान्य करने के उपक्रम में अचानक स्मरण हुआ कि कचदेव किसी विशेष प्रयोजन से आये थे और आवेश में उस विषय में कुछ वार्ता ही नहीं हुई।

'क्षमा कचदेव, आप किसी प्रयोजन से आये थे। कृपा कर उसे बताने का कष्ट करें। मैं वचन देती हूँ कि अब कोई तर्क-वितर्क नहीं करूँगी।'

मद्धिम चुहल के साथ शर्मिष्ठा ने कहा तो कचदेव से रहा न गया, ओष्ठों पर स्मित खेल गयी। सजल नेत्र, स्मितयुक्त ओष्ठ और तप की कान्ति से दीप्त व्यक्तित्व, क्यों न देवयानी अपना हृदय हारती मेरे इस भ्राता पर।

शर्मिष्ठा इस बार स्मृतियों में लोप होती, उससे पहले ही कचदेव के स्वर गूँजे।

'पुरु अब विवाह के योग्य हो गया है, भद्रे! क्या आपकी दृष्टि में कोई योग्य कन्या है?'

पुरु विवाह योग्य हो गया है। अठारह वसन्त बीत चुके हैं हस्तिनापुर छूटे हुए। आह!

स्मृतियाँ जाने क्यों आज इतनी शत्रुता निभा रही हैं। वार्ता के मध्य में यूँ प्रवेश कर जाना उचित तो नहीं...

'क्या है कोई कन्या आपकी दृष्टि में?'

'कन्या! सभी ऋषिकुमारियों के चेहरे मस्तिष्क में कौंध गये। दृष्टि रुकी तो चित्रलेखा पर।

सुनहले बालों वाली वह लड़की... वन की सीमा के पास वाले ग्राम के प्रधान की पुत्री। उसकी माता का भी स्नेह का नाता रहा है। जब चित्रलेखा छोटी-सी थी, तब से आती रही है उसकी माता शर्मिष्ठा से मिलने। लड़की रूप में ठीक अपनी माता की तरह थी, मछली की तरह खिंची-खिंची आँखें और सुनहले बाल। अन्तर केवल इतना था कि माता धीरधारिणी थी और बिटिया अति उतावली।

किन्तु कितना ध्यान रखते थे दोनों माता-पुत्री उसका और पुरु का। माता तीन मास बीतते न बीतते, शर्मिष्ठा के लिए कभी कोई मिष्ठान ले आती तो कभी पुरु के लिए मोतियों की माला। वल्कल पर मोतियों की माला पहन पुरु कितना मोहक लगता, जैसे कोई छोटा-सा राजकुमार।

चित्रलेखा पुरु से साल–छः महीने छोटी होगी, किन्तु कितनी चतुर। अपने हाथों से पुरु के लिए मिट्टी के खिलौने बनाती। उसके टूट चुके खिलौनों को ठीक करती। पुरु भी तो उसकी प्रतीक्षा करता रहता... माता, चित्रलेखा और उसकी माता कब आयेंगे। पूर्णिमा तो बीत गया माता, चित्रलेखा क्यों नहीं आयी?

बालक पुरु के इस उतावलेपन पर नेह उमड़ पड़ता... तब किसे भान था कि वह कन्या पुरु की भावी जीवनसंगिनी भी हो सकती है।

'कचदेव, क्या आप वन की सीमा पर वाले ग्राम प्रधान से अवगत हैं? उनकी कन्या चित्रलेखा हमारे पुरु के लिए उचित रहेगी।'

'उचित है भद्रे, मैं शीघ्र ही ग्राम प्रधान से वार्ता करता हूँ। अब आज्ञा दीजिए, सन्ध्या पूजन की बेला है। अब प्रस्थान करता हूँ। उससे पहले आपसे अनुरोध है कि आप पुरु से भी उसका मत ले लें...'

'चित्रलेखा बड़ी कुशल बालिका है। है न पुरु... जितनी रूपसी, उतनी ही व्यवहार कुशल भी।'

पुरु की थाली में खाना परोसते हुए शर्मिष्ठा ने बिना किसी औपचारिकता के यह प्रसंग उठाया था।

भोजन का कौर उठाते हुए पुरु ने दृष्टि बचाकर माता की ओर देखा। आज चित्रलेखा का प्रसंग माता कहाँ से लेकर आ गयीं। कहीं किसी दुष्ट मित्र ने पीठ पीछे उनसे कुछ कह तो नहीं दिया...

बीते मास पूर्णिमा वाले दिन चित्रलेखा माता से तो नहीं मिली थी, किन्तु मुझसे मिलने आयी थी। इस बार रुद्राक्ष की सुन्दर माला बनाकर लायी थी। कहीं माता को उस रुद्राक्ष की माला के कारण सन्देह तो नहीं हुआ!

क्या उत्तर दूँ माता को...

पुरु को मौन देखकर माता ने प्रसंग आगे बढ़ाया!

'कचदेव आये थे। उन्होंने कहा कि अब तुम सभी विद्याओं में दक्ष हो गये हो।'

'यह उनका आशीर्वाद है माता' पुरु ने गुरु के प्रति श्रद्धा से शीश नवाते हुए उत्तर दिया।

'हूँ! तुम्हें ज्ञात है न कि विद्यार्थी जीवन के उपरान्त प्रत्येक व्यक्ति को गार्हस्थ्य जीवन में प्रवेश करना होता है।'

'यह आज किस प्रकार की बातें कर रही हैं माता...' कौतुक पुरु के अन्तर्मन और मुख दोनों ही स्थानों पर अपनी पूर्ण उपस्थिति में विद्यमान था।

'अवश्य माता! शास्त्रों में पढ़ा है मैंने!' इस बार उत्तर देते हुए पुरु ने हर सम्भव प्रयास किया था कि माता को इस कौतुक का भान न हो।

'पुत्र! अब तुम उस वयस को प्राप्त कर चुके हो जब शास्त्रों में वर्णित इस विषय को जीवन में स्थान दिया जाये। मेरे विचार से अब तुम्हारा विवाह हो जाना चाहिए।'

आश्चर्यचकित पुरु माता की ओर देख रहा था।

युवा होना पहली बार खल रहा था। माता का उत्तरीय पकड़कर झूलना कुछ वर्ष पहले छूट गया था, किन्तु इतना व्यस्क हो जाना कि माता उसके विवाह की बात करे, ऐसा लग रहा था कि कहीं कुछ छूटता जा रहा है।

यह उद्वेलन केवल पुरु के हृदय में नहीं था। शर्मिष्ठा का अन्तर्मन भी आषाढ़ की बारिश के बाद की भूमि जैसा हो गया था। अपने ही विचारों में लगातार धँसती जा रही थी वह। अभी कुछ दिनों पहले तो पुरु उसके आँचल को पकड़कर चलता था और अभी ही इतना युवा हो गया कि वह उससे स्वयं उसके विवाह के प्रसंग पर वार्ता कर रही है, किन्तु यह भी तो आवश्यक है। उसे ही पिता और माता दोनों का दायित्व निर्वहन करना है।

'चित्रलेखा अत्यन्त गुणी कन्या है। तुम्हारे क्या विचार हैं उसके प्रति पुत्र?'

'जो आपको उचित लगे माता!' पुरु ने माता के समक्ष अपनी लज्जाशील स्वीकारोक्ति रख दी थी।

'चित्रलेखा!'

'उसके नाम में ही कोई माया थी जैसे... उसके सुनहले बाल वीणा के तार हों और वे जब भी पवन के साथ झूमते तो कोई कर्णप्रिय संगीत बज उठता। उसके नेत्र कितने मादक थे। जब वह अपनी भरी–पूरी दृष्टि उस पर गहाती तो प्रतीत होता कि कुबेर के कोष के दो सबसे सुन्दर नीलम उसकी आँखों में सजकर जीवन्त हो उठे हों। चित्र लिखित–सी वह... आपने नाम को साकार करती हुई।'

'कुछ पल पहले तक विवाह की जिन भावनाओं ने पुरु के मन में द्वन्द्व की रेखाएँ खींच दी थी, चित्रलेखा का नाम सुनते ही वे भावनाएँ प्रेम की कोमल अनुभूतियों के ज्वार में विलुप्त हो गयी थीं।'

'बधाई हो देवी! आप एक पीढ़ी और उन्नत हुईं!'

अपने शयनकक्ष की दीवार से लगकर बैठी शर्मिष्ठा आधी उनींदी थी जब दिशा के स्वर उस तक पहुँचे। कुटिया में चारों ओर प्रयोजन से जुड़ी सामग्रियाँ रखी हुई थीं और उन्हें सही प्रकार से रखने का विचार करते–करते ही नेत्र स्वयं ही बन्द हो गये थे।

'ओह देवी, क्षमा, आप विश्राम कर रही थीं सम्भवतः। मैं पुनः आती हूँ।'

'नहीं दिशा, मैं ठीक हूँ। बैठो न... सुनो, तुमने कल देखा था पुरु और चित्रलेखा को। कितने दिव्य लग रहे थे दोनों!'

'हाँ देवी... सजे सँवरे सर पर विवाह का मौर धारण किये राजकुमार पुरु को देखकर लग रहा था जैसे महाराज ययाति को देख रही हूँ।'

'ओह्हो दिशा, अब सोलह–सत्रह वर्ष हुए तुमसे कहते हुए कि पुरु को राजकुमार न कहा करो। वह कोई राजकुमार नहीं! पुरु इस वनवासी माँ का बेटा और आम नागरिक है।'

'जी देवी किन्तु मेरे लिए वे सदैव राजकुमार रहेंगे। मैं उन्हें अपने महाराज वृषपर्वा के धेवते के रूप में जानती हूँ।'

महाराज वृषपर्वा का धेवता! दिशा को अब क्या कहकर टोक पायेगी वह? पिता के क्षेत्र से कई योजन दूर इस प्रदेश में दिशा मायके से जुड़ा हुआ एकमात्र तन्तु थी। उसकी बचपन की सखी

जिसका पति गृह त्यागकर मुनि बनने इधर आ गया था और एक दिन उसे सुप्तावस्था में छोड़कर कहीं चला गया था। पति विहीन दिशा भटकती हुई कचदेव के आश्रम पहुँची तो कचदेव ने उसका परिचय प्राप्त कर उसे शर्मिष्ठा के निकट भेज दिया था। यति के पश्चात् उसका मिलना इस वन का दूसरा सुखद उपहार था। शर्मिष्ठा को देखकर दिशा में मन क्षोभ और हर्ष दोनों की सम्मिलित तरंगें उठ रही थीं। क्षोभ इस कारण कि उसकी प्रिय राजकुमारी वनवासिनी के रूप में और हर्ष यों कि उसकी प्रिय राजकुमारी के सान्निध्य में वह... उस दिन से दिशा शर्मिष्ठा की प्रतिछाया बन गयी थी। जीवनपर्यन्त साथ निभाने वाली सखी!

'अभी ठीक ही तो कहा दिशा ने... अपने विवाह वाले वस्त्रों में अपने पिता की अनुकृति ही तो प्रतीत हो रहा था ययाति। वही नेत्र। वैसे ही भाल...

अठारह साल गत हो चुके हैं। महाराज अब भी वैसे ही होंगे।' सोचते हुए शर्मिष्ठा की दृष्टि दर्पण की ओर गयी तो अपनी ही प्रतिछाया पर नेत्र ठहर गये। केश में एक पतली–सी रजत रेखा उमग आयी है, उसके अतिरिक्त कुछ भी तो नहीं परिणत हुआ है उसमें भी। वही देहयष्टि... वही कंचन रंग अब भी। महाराज अगर मिले तो शकुन्तला की तरह उसे भूल तो नहीं जायेंगे।

स्वलीन शर्मिष्ठा की तन्द्रा पुनः दिशा के स्वर से भंग हुई।

'देवी, कचदेव का आगमन हुआ है। आपसे मिलने की इच्छा व्यक्त की है।'

'आहा! उन्हें सादर अन्दर लाओ दिशा और हाँ, पुरु नींद से उठ चुके हों तो उसे भी भेजना। कचदेव अवश्य ही उसे और चित्रलेखा को आशीर्वाद देने आये होंगे।

'भद्रे! बधाई हो...'

'स्वागत कचदेव! आप विराजिये, मैं फल और मिष्ठान्न की व्यवस्था करती हूँ।'

'भद्रे, रुकिए। मुझे आपसे एक आवश्यक वार्ता करनी है।'

'कहिये न कचदेव!'

' मैं हस्तिनापुर के विषय में पुनः वार्ता करना चाह रहा था।'

'पुनः हस्तिनापुर के विषय में वार्ता कचदेव? आपको स्मरण होगा कि अन्तिम बार जब हमने इस विषय पर वार्ता की थी, यति सदैव के लिए हिमालय की ओर प्रस्थान कर गये थे। मैंने अपने पुरु के हाथों से एक और सम्बन्ध छूटते हुए देखा था। मैं आघातों की आदी हो चुकी हूँ, मैं नहीं चाहती कि पुरु को भी मेरी नियति मिले। उस बालक ने जिसे पिता शब्द के सांसारिक अर्थ का भान भी नहीं है, पितृव्य यति का यूँ चला जाना उसके लिए भीषण आघात था। उन्हें नेत्रों से ओझल होता देखकर पुरु का विचलन और क्रन्दन, मेरी स्मृति में एक पल को भी वे क्षण धूमिल नहीं होते ।'

'देवी शर्मिष्ठा! मैं आपके दुःख से अवगत हूँ। मुझे ज्ञात है कि यह उचित समय नहीं है आपसे इस विषय में वार्ता करने का। अभी–अभी पुरु ने गार्हस्थ्य जीवन में प्रवेश किया है। अभी आपका ध्यान उधर हो वह अधिक आवश्यक है, किन्तु मेरा भरोसा कीजिये देवी, यह वार्ता जो मैं आपसे करना चाहता हूँ, वह भी कम आवश्यक नहीं!

मुझे यह भी ज्ञात है कि हस्तिनापुर शब्द सुनते ही आपके मन में क्या भाव उमड़ते हैं। आप किस आघात और दुविधा से व्याकुल हो रही हैं... किन्तु देवी, आज हस्तिनापुर की जो अवस्था है उनसे अवगत होना भी आपका दायित्व है।'

'कैसा दायित्व बृहस्पति कुमार? जिस प्रदेश को भान भी नहीं कि कोई शर्मिष्ठा भी है, उस प्रदेश के प्रति मेरा कैसा दायित्व?'

'देवी! हस्तिनापुर के महाराज ययाति की सन्तान की माता हैं आप!'

'वह सन्तान कचदेव, जिसका मुख भी ठीक से नहीं देखा था आपके मित्र ययाति ने! वह सन्तान गत रात्रि जिसके विवाह में मैंने माता और पिता, दोनों के धर्म निभाये थे? मैं नहीं मानती इस पैतृक आलम्बन को।'

'मैं आपको कुछ भी मानने के लिए नहीं कह रहा हूँ देवी। केवल आपको वहाँ की वर्तमान परिस्थिति से अवगत करवाने आया हूँ। विगत में कभी आपके साथी रहे ययाति की अवनति के विषय में आपको सूचित करने आया हूँ।'

'ययाति की अवनति' – यह क्या कह रहे हैं कचदेव? यह कैसे सम्भव हो सकता है?

वह पुरुष जिसके नाम उसने अपना सम्पूर्ण जीवन कर दिया था, जिसकी अवनति के विषय में वह स्वप्न में भी नहीं सोच सकती थी, उस पुरुष की अवनति का सन्देश उसके अभिन्न मित्र के मुख से सुनना... कचदेव के मुख से इन शब्दों को सुनने के लिए वह प्रस्तुत नहीं थी।

'ययाति कुशल तो हैं!'

'हाँ देवी शर्मिष्ठा! अब तक मुझे यही ज्ञात था कि ययाति अपना अधिक समय भोग–विलास में बिता रहे हैं। राज–कार्य की ओर से निर्लिप्त हो गये हैं, किन्तु अब जो सूचना मिली है वह चिन्ताजनक है।'

'ऐसी क्या सूचना मिली है?'

'देवी, क्या आप मेरे आश्रम तक चल सकती हैं? महाराज के विश्वस्त उत्तानपाद पधारे हुए हैं। वे बड़े चिन्तित प्रतीत हो रहे हैं। आपसे मिलने की इच्छा व्यक्त कर रहे थे। अच्छा होगा यदि आप एक बार स्वयं उनसे मिल लें।'

उत्तानपाद! नाम सुनते ही अतीत पुनः शर्मिष्ठा के समक्ष अपनी समस्त विकरालता में उपस्थित हो गया। शरीर को चुभती शीत के अठारह मौसम बीत चुके हैं किन्तु उस रात्रि की भयावहता कम होने का नाम नहीं लेती।

हाथ में सद्यःजात पुरु, महाराज का रथ और सारथी के रूप में उत्तानपाद! हस्तिनापुर और पिता वृषपर्वा के नाम का साथ उस दिन रथ से गिरे अंगरखे के साथ ही कहीं गिर गया था। उस दिन से वह केवल 'शर्मिष्ठा' थी और अपने पुत्र पुरु की माता!

अब क्यों आये हैं उत्तानपाद? मुझे क्यों हस्तिनापुर की उन्नत्ति और अवनति पर हर्ष या क्षोभ व्यक्त करना चाहिए?

'प्रणाम महात्म्य उत्तानपाद!'

'नमन महारानी!'

'कौन महारानी महात्म्य? देवयानी भी आपके साथ पधारी हैं क्या? कहाँ हैं वे? दिख नहीं रहीं!' कहते हुए शर्मिष्ठा के स्वर में थोड़ा रोष घुल आया था।

'महारानी का क्रोध इस उत्तानपाद के शीश पर! मुझे भली–भाँति ज्ञात है कि मैं आपका दोषी हूँ, महारानी। मेरा विश्वास कीजिये, मैं अपने वश में होता तो उस दिन आपको घने जंगलों के मध्य नहीं छोड़कर जाता, किन्तु मैं हस्तिनापुर के राजसी आदेश से बँधा हुआ था।'

'मैं आप पर कुपित नहीं हूँ महात्म्य! केवल एक अनुरोध है कि मुझे महारानी न कहा कीजिये। मेरा नाम शर्मिष्ठा है। मुझे किसी और पहचान के साथ युग्मित न कीजिये।'

'आपकी जो आज्ञा देवी! आपकी आज्ञा हो तो मैं अपने आने का प्रयोजन बताऊँ!'

'महाराज की कुशलता की सूचना दीजिए महात्म्य!'

'देवी! आपका विदा होना महाराज की कुशलता भी साथ ले गया था। वे तब से थोड़े खिन्न से हो गये थे। स्थिति कुछ समय पूर्व तक नियन्त्रण में थी, किन्तु पिछले कुछ समय से हस्तिनापुर में कुछ भी ठीक नहीं हो रहा है। वर्ष से अधिक बीत गये हैं महाराज

को उनके विलास केन्द्र से बाहर निकले हुए। यमुनालय में किसी भी अन्य पुरुष का प्रवेश वर्जित है। वहाँ केवल परिचारिकाएँ हैं, एवं नित नयी नगर–वधु का वहाँ आगमन होता है। कुछ दिन पहले मैंने बलपूर्वक यमुनालय में प्रवेश किया था। मुझे देखते ही पलभर को महाराज प्रसन्न तो हुए, किन्तु तुरन्त ही मूर्छित हो गये। किसी आसव के गहरे प्रभाव में थे। मूर्छा की उस अवस्था में वे लगातार 'यौवन' और 'मद' का जाप किये जा रहे थे। महारानी देवयानी उनसे अन्तिम बार महीनों पूर्व मिली थी। मुझे अन्तःपुर के विश्वस्त सूत्रों से सूचना प्राप्त हुई है कि उन्होंने योजना बना रखी है कि शरदपूर्णिमा पर अपना तप पूरा कर शुक्राचार्य ज्यों ही लौटेंगे, वह उनकी सहायता से महाराज ययाति को गद्दी–च्युत कर अपने पुत्र राजकुमार सुशीम को राजा घोषित कर देंगी।'

'उचित है महात्म्य। महाराज ययाति के न केवल देवयानी अपितु सम्पूर्ण राज्य के प्रति कुछ कर्तव्य हैं, जिनका निर्वाहन न कर वे दोष के भागी हो रहे हैं। उनके इस तरह से विमुख हो जाने पर राज्य–निर्वाहन का सारा भार देवयानी के सर पर है और उसने यथोचित निर्णय लिया है। इतने वर्षों में अब देवयानी राजकाज के समस्त गूढ़ उचित प्रकार से समझ चुकी होगी। उसका निर्णय हस्तिनापुर के लोक–पक्ष में है। इसका स्वागत होना चाहिए। एवम् महाराज को उनकी कर्तव्य–विमुखता का उचित दण्ड मिलना चाहिए।'

'हे वृषपर्वा पुत्री, मैं भी आपके इन विचारों से सहमत हूँ, किन्तु महाराज ययाति की विमुखता एकमात्र समस्या नहीं है जिससे इस कालखण्ड में हस्तिनापुर को जूझना पड़ रहा है। मैं महारानी देवयानी द्वारा सुशीम को पदारूढ़ करने के निर्णय के तनिक भी विरोध में न होता, यदि सुशीम सोमवंश का भार सँभालने योग्य होता।'

उत्तानपाद के कथनानुसार कुछ दिन पूर्व हस्तिनापुर के झेलम की ओर के घने वन से जुड़े ग्रामों में दस्युओं का आतंक भीषण बढ़ गया था। महाराज ययाति के अनमनेपन का समाचार अब लोक में भी तीव्रता से पसर रहा है। दस्युओं के आतंक से उन सुदूर ग्रामीण

हिस्सों को मुक्त करवाने का प्रयास नहीं किया जाता तो गहरा असन्तोष उत्पन्न होता। सेनापति महारानी का आदेश प्राप्त करने राजप्रासाद गये थे, किन्तु महारानी ने दस्युओं का उत्पात समाप्त करने के लिए सेनापति के नेतृत्व में सेना भेजने के स्थान पर युवराज सुशीम को भेज दिया। सम्भवतः उन्हें प्रतीत हुआ था कि वे दस्यु उतने बलशाली नहीं। युवराज उन्हें जीत कर लौटते तो प्रजा के सम्मुख महाराज ययाति को पदच्युत करने में उन्हें विशेष समस्या नहीं होती, परन्तु उन्होंने जैसा सोचा था, वैसा किंचित भी न हुआ। युवराज को दस्युओं ने बन्दी बना लिया है और अब वे अपनी अनुचित माँगें रख रहे हैं।

'इस विषय में मैं आपकी क्या सहायता कर सकती हूँ महात्म्य! मैं अबला स्त्री उन दस्युओं से युद्ध करने जाऊँ क्या?'

व्यंग्य आज शर्मिष्ठा का स्थायी भाव बन गया था। इस कटु वाक् प्रहार को सुनकर उत्तानपाद शर्मिष्ठा के समक्ष हाथ जोड़कर नत हो गये।

'महारानी, इस काल में आप एकमात्र आशा हैं। मुझे ज्ञात हुआ है कि राजकुमार पुरु इस क्षेत्र के युवाओं में विशेष पैठ रखते हैं। उनकी शस्त्र और शास्त्र सिद्धहस्तता की ख्याति इस पूरे क्षेत्र में है। अनेक दस्यु युवा भी उनसे प्रभावित हैं। यदि राजकुमार पुरु प्रयास करें, तो वे अवश्य युवराज सुशीम को छोड़ देंगे।'

' मैं अपना पुत्र दस्युगेह भेजूँ, वह भी उस युवराज के जीवन को उबारने के लिए, जिसकी माता ने मेरा और मेरे पुत्र, दोनों का जीवन हरना चाहा था। क्षमा महात्म्य, मैं अभी इतनी उदारमना नहीं हुई कि जीवनहर्ता के पुत्र का जीवन सुरक्षित करने के लिए अपने पुत्र को कालगेह में भेज दूँ।'

'माता! मेरा दायित्व बनता है अपनी जन्मभूमि के प्रति। मैं आपकी दी गयी शिक्षा का मान रखते हुए आपसे अपने भावी नरेश के जीवन की सुरक्षा करने हेतु अपने प्रस्थान की अनुमति माँगता हूँ।'

औचक गूँजे पुरु के स्वर और उसकी अनुमति प्रार्थना से शर्मिष्ठा चौंक उठी। अनजाने ही किसी अनहोनी का भय शरीर में गह गया।

'पुरु, तुम यहाँ कब आये।' स्वर की सयंतता सँभालते हुए शर्मिष्ठा ने प्रश्न किया।

'मैं आपके कक्ष की ओर गया था, वहाँ दिशा माता से ज्ञात हुआ कि आप आश्रम की ओर आयी हैं। अभी मैंने कक्ष में प्रवेश करते हुए आपके अन्तिम वाक्य को सुना। माता, मुझे नहीं ज्ञात कि आप हस्तिनापुर के प्रति क्रोधित क्यों हैं, किन्तु मुझे आपकी दी हुई शिक्षा याद है। आपने मुझे जन्मभूमि के प्रति विश्वासभाजन के धर्म की शिक्षा सदैव दी है। आज मैं उसी का अनुपालन करन चाहता हूँ। मुझे अनुमति दीजिए माता। मैं वचन देता हूँ कि आपका पुत्र एकदम सुरक्षित रहेगा।'

पुरु की माता से अनुमति प्रार्थना उत्तानपाद की आँखों में ओज लेकर लौटी थी।

पुत्र को अनुमति देते हुए शर्मिष्ठा सर पकड़कर वहीं बैठ गयी थी।

अठारह साल पहले का विगत आज जीवन्त होकर सामने प्रश्न कर रहा था। अनुमति माँग रहा था।

पुरु को गये हुए सात दिवस बीत गये हैं। विवाह के तुरन्त पश्चात् के इस विरह का कोप चित्रलेखा के मुख पर दिख रहा था। कमलिनी सी कन्या कुम्हला गयी है। नीलम से नीले नेत्रों की चमक कहीं लुप्त हो गयी है।

अन्तिम सूचना यह ज्ञात हुई थी कि दस्युओं ने पुरु के समक्ष समर्पण कर दिया है। उसने वचन दिया था कि वह सुशीम को मुक्त करवाने के पश्चात् अविलम्ब लौट आयेगा। उसके आगमन में यह विलम्ब क्यों!

चित्रलेखा की विरहमयी स्थिति और हस्तिनापुर से जुड़ा पुराना भय–शर्मिष्ठा के हृदय में कुछ उठ और गिर रहा था। स्पन्दन की गति औचक ही तीव्र हो जा रही थी।

'देवी महात्म्य उत्तानपाद का दूत आया है। आज्ञा हो तो आपके समीप भेजूँ।'

'शीघ्र।'

'क्या सन्देश है? कहाँ हैं पुरु?'

'प्रणाम महारानी, महात्म्य उत्तानपाद ने आपके लिए यह पत्र भेजा है।'

'प्रणाम महारानी,

वचनाघात हेतु क्षमाप्रार्थी हूँ। राजकुमार पुरु में आपके एवं महाराज दोनों के राजनीतिक चातुर्य एवं वीरता का अभूतपूर्व समायोजन है। उन्होंने न केवल दस्युओं से युवराज सुशीम को मुक्त करवा लिया अपितु दस्युओं को प्रभावित कर उन्हें राजकीय सेना में अपनी सेवा देने हेतु भी उद्यत कर लिया है।

राजकुमार पुरु की इच्छा थी कि वह शीघ्र लौट जायें, किन्तु युवराज सुशीम के अनुरोध पर उन्हें हस्तिनापुर आना पड़ा। युवराज सुशीम की इच्छा थी कि राजकुमार पुरु आगामी शरदपूर्णिमा को गुरु शुक्राचार्य के आगमन के उपलक्ष्य में होने वाले उत्सव में राजकीय अतिथि बन कर विराजें।

आपका विश्वासभाजक,

उत्तानपाद'

पत्र का अन्तिम भाग पढ़ते हुए भय की एक लहर शर्मिष्ठा के सम्पूर्ण अस्तित्त्व को झकझोर गयी।

'पुरु गुरु शुक्राचार्य के समक्ष... यह नहीं होना चाहिए। अगर उन्हें तनिक भनक भी मिल गयी कि पुरु ययाति और शर्मिष्ठा की सन्तान है तो वे महाराज ययाति और महाराज वृषपर्वा, दोनों राज परिवारों को मूल से नष्ट कर देंगे। इस अनहोनी को रोकने का एकमात्र उपाय है कि पुरु गुरु शुक्र के आने से पूर्व ही हस्तिनापुर से लौट आये।

मुझे हस्तिनापुर जाना होगा। पुरु को लौटाकर लाना होगा।'

'दिशा, कचदेव से कहकर कोई रथ उपलब्ध करवाओ। मुझे शीघ्रातिशीघ्र हस्तिनापुर की ओर प्रस्थान करना है।'

'माता, क्या आप पुरु को लिवाने जा रही हैं। मैं भी साथ चलूँ आपके?'

शर्मिष्ठा के हस्तिनापुर गमन की बात सुनकर चित्रलेखा भी साथ जाने को तत्पर हो गयी।

'क्या दशा हो गयी है इस बालिका की। कैसे कहूँ इससे कि हस्तिनापुर इसकी सुकोमलता के योग्य नहीं।'

'क्या मैं चल सकती हूँ माता?'

शर्मिष्ठा को मौन देखकर चित्रलेखा ने दूसरी बार प्रश्न किया। निरुत्तर शर्मिष्ठा के लिए उसके अनुरोध को अस्वीकृत करना अत्यन्त कठिन था।

अठारह वर्षों के पश्चात उन्हीं मार्गों पर लौटना... कितना बदल गया है समूचा परिवेश। कई–कई कोस दूर तक बसे लोगों के घर। मार्ग में बढ़ती व्यस्तता। हस्तिनापुर छोड़ते हुए जो मार्ग क्षणभर में बीत गया था, वापस लौटते हुए काल के सबसे धीमे खण्ड में व्यतीत हो रहा था। शरद पूर्णिमा में दो दिन शेष थे। गुरु शुक्र के आने से पहले उसे पुरु समेत लौट आना था।

वन से हस्तिनापुर की यात्रा में आधा दिवस और पूरी रात्रि खप गयी थी। अब प्रयास यह था कि अतिशीघ्र पुरु के पास पहुँचकर उसे लिवा लिया जाये। उत्तानपाद ने अवश्य पुरु तक उसके आगमन की सूचना पहुँचा दी होगी। विचारों के इन प्रवाह के मध्य उसे नगर में सबकुछ सामान्य प्रतीत नहीं हो रहा था।

'न हो! इस नगर से मेरा और मेरे पुत्र का कोई सम्बन्ध नहीं है...' नकारात्मक विचारों को झटका देते हुए शर्मिष्ठा ने सारथी से रथ को पुरु के प्रवास स्थल की ओर लेने को कहा।

'माता आप? चित्रलेखा भी साथ हैं! आपको हस्तिनापुर का पता किसने दिया। कितनी सुन्दर नगरी है न माता यह। महाराज ययाति से लोग कितना प्रेम करते हैं। उन्होंने कितना सुन्दर शहर बसाया है।'

माता को देखते ही पुरु जैसे पुनः अपने बालरूप में आ गया था। यूँ ही तो लगातार अपनी कथा सुनाया करता था वह।

शर्मिष्ठा पुत्र को निहारे जा रही थी।

'माता, सुनिए न... देखिए न, महाराज ययाति इतने भले हैं तत्पश्चात भी उनके साथ इतना बुरा हुआ। उन्हें गुरु शुक्राचार्य ने कोई शाप दे दिया है।'

'गुरु शुक्राचार्य! वे आ गये हैं?'

शर्मिष्ठा का सर्वस्व हिल उठा जैसे दो घनीभूत मेघों के टकराने से उत्पन्न हुई समस्त ऊर्जा उसके शरीर पर एक साथ गिरी हो।

'वे प्रस्थान कर चुके हैं माता! महाराज पर कुपित होकर प्रस्थान कर चुके हैं।'

'प्रस्थान कर चुके हैं!' शुक्राचार्य के प्रस्थान की सूचना शीतलता प्रदान करने वाली थी। पुत्र की कुशलता की कामना में साथी की अकुशलता की सूचना कहीं दबकर रह गयी थी।

'पुत्र, अब वे भी लौट चुके हैं तो उनके स्वागत के उपलक्ष्य में होने वाला उत्सव अवश्य टल चुका होगा। अब हमें भी अपने गृह प्रदेश की ओर प्रस्थान करना चाहिए। तुम्हारे और चित्रलेखा के अनेक वैवाहिक आचार–विचार अभी होने हैं, जो उस समय तुम्हारे प्रस्थान के कारण स्थगित हो गये थे।'

शर्मिष्ठा ने निःश्वास भरते हुए पुत्र को वापस लौटने के लिए मनाने की चेष्टा की।

'अवश्य माता, किन्तु केवल एक बार मैं महारज ययाति के दर्शन करना चाहता हूँ। मुझे नहीं ज्ञात कि उन्हें क्या श्राप मिला, किन्तु वे जीवित हैं तो मैं उनके दर्शन किये बिना प्रस्थान नहीं करना चाहता। सम्भव हो तो आप भी मेरे साथ उनके दर्शन करने यमुनालय चलें माता।'

पुत्र की कुशलता की कामना में जो सूचना केवल सूचना बनकर रह गयी थी, वह पुरु के कथन के साथ टीस बनकर उभर गयी। शुक्राचार्य के क्रोध का भान उसे भली–भाँति था उन्होंने ययाति को कोई विनाशकारी श्राप ही दिया होगा। ऐसे में बिना उनसे मिले लौट जाना उस प्रेमिका के प्रति अन्याय होगा जिसने अपने प्रेम की स्मृति में यौवन बिसार दिया।

'तुम नृत्य क्यों नहीं करती देवयानी,

नृत्य करो नृत्य!

यह तुम्हारे उत्सव की वेला है!'

यमुनालय में प्रवेश करते ही यह स्वर शर्मिष्ठा के कानों में गूँजा। यह इतना वृद्ध स्वर किसका है? पुरु के अनुसार गुरु शुक्र प्रस्थान कर चुके हैं और वे क्यों देवयानी से इस तरह की वार्ता करेंगे...

यमुनालय की अपनी स्मृतियों में डूबने के उपक्रम के मध्य शर्मिष्ठा इन स्वरों पर भी ध्यान केन्द्रित कर रही थी।

'तुम्हें अपने कर्मों का दण्ड मिला है। अब अपने क्रोध का विषय मुझे न बनाओ। मैंने तो पिताश्री से केवल तुम्हें पदच्युत करने को कहा था, किन्तु वे तुम्हें ऐसी गति दे गये हैं, इसमें मेरा क्या दोष।'

'आहा! देवयानी। इस जग की सबसे अधिक कर्तव्यपरायणा स्त्री तो तुम ही हो। लालच और दुष्टता की प्रतीक हो तुम। तुम्हें केवल और केवल शक्ति चाहिए। उसके लिए तुम अपने पिता का भी वध करवा चुकी हो। ईश्वर ही जाने कि किस कुवेला में मैंने तुम्हें कूप से उबारने की चेष्टा की थी। उस कुवेला ने मेरे और हस्तिनापुर के सम्पूर्ण अस्तित्व पर प्रश्नचिह्न लगा दिया है।'

'मैं दुष्टा और लालची हूँ तो तुम क्या हो ययाति? तुम वासना के जागृत प्रतीक हो। प्रथम तुमने मेरी सेविका के साथ सम्भोग कर

मेरे साथ छल किया और उसके यहाँ से भाग जाने के उपरान्त जाने कितनी स्त्रियों के साथ क्या–क्या कर चुके हो। उपाय तो बताया है पिताश्री ने... तुम्हारा कोई वंशज चाहे तो तुम्हारा श्राप अपने ऊपर लेकर तुम्हें शापमुक्त कर सकता है। जाओ ढूँढ़कर ले आओ अपने किसी पुत्र को। डाल दो श्राप उसके सर पर। ले लो उसका यौवन।'

'तुम्हारी सेविका--तुम्हारी जिह्वा को कोई कष्ट नहीं होता शर्मिष्ठा को अपनी सेविका कहते हुए दुष्टा! वह तुम्हारे महाराज की पुत्री थी। महाराज वृषपर्वा की पुत्री 'शर्मिष्ठा'–मेरे जीवन का एकमात्र प्रेम शर्मिष्ठा। हस्तिनापुर की वास्तविक महारानी शर्मिष्ठा।

और दुष्टा, मेरा राज्य भोगेंगे तुम्हारे भगोड़े बेटे और श्राप मैं किसी अन्य को दूँ।'

इस संवाद के अन्तिम चरण में पहुँचने से पहले ही शर्मिष्ठा, पुरु और चित्रलेखा उस कक्ष में प्रवेश कर गये थे।

महाराज ययाति को देखकर शर्मिष्ठा की चीख़ निकल गयी। वयोवृद्ध जर्जर महाराज ययाति! चीख़ के स्वर की दिशा की ओर दृष्टि घुमाकर महाराज ने देखा तो नेत्रों से आह्लाद के अश्रु बह उठे।

'शर्मिष्ठा, तुम औचक यहाँ...'

देवयानी ने उचटती हुई घृणा से भरी दृष्टि डाली।

द्वार के समीप पुरु और चित्रलेखा चित्रलिखित खड़े थे।

पुरु के लिए रहस्यों के उद्‌भेदन का काल था। महाराज ययाति जिस शर्मिष्ठा के विषय में बोल रहे थे, वह उसकी अपनी माता है। वह महाराज ययाति का पुत्र है।

'पिताश्री!'

पिता के लिए विह्वल हो उठे पुरु के मुख से स्वयं ये शब्द फूट पड़े!

'इसका नाम पुरु रखा है न शर्मिष्ठा। कितना बड़ा हो गया हमारा पुत्र...'

'लो, वंशज–वंशज मर रहे थे तुम, आ गया तुम्हारा बेटा। दो अपना श्राप इसे। वैसे भी इसकी माँ मेरी सेविका थी, तो इसका

दायित्व बनता है कि यह मेरे पुत्रों पर आये संकट की रक्षा करे।' देवयानी महाराज की बातों के मध्य बोल उठी।

'मुझे ज्ञात है देवयानी कि तुम्हें केवल अशुभ वाचन करना आता है। यह आवश्यक नहीं कि सदैव वाचन किया ही जाये। तुम सम्मान चाहती हो तो उचित होगा कि अभी मौन रहो।' महाराज का देवयानी के प्रति क्रोध आरोह पर था।

'पिताश्री, उचित कह रही हैं माता देवयानी। हस्तिनापुर को आपकी आवश्यकता है। मैं तो वनवासी हूँ। मैं क्या करूँगा यौवन लेकर? मैं आपका श्राप लेना चाहता हूँ।'

'धन्यवाद पुत्र... किन्तु'

'किन्तु परन्तु कुछ नहीं पिताश्री... मैं उद्यत हूँ।'

'पुत्र!' शर्मिष्ठा ने अपने पुत्र को रोकने की चेष्टा की थी, किन्तु तब तक विलम्ब हो गया था। पुरु के स्थान पर कोई वृद्ध खड़ा था। महाराज नवीन यौवन में थे।

देवयानी अपने स्थान पर पूर्ववत खड़ी थी। महाराज पुरु का कन्धा पकड़कर उससे कह रहे थे, 'मैं तुम्हारी माता के साथ कुछ वर्ष व्यतीत कर तुम्हें तुम्हारा देह वापस कर दूँगा।'

पुत्र को इस प्रकार देख शर्मिष्ठा जड़ हो गयी थी।

'पुरुऊऊऊउ!'

कक्ष में उपस्थित प्रत्येक सदस्य की तन्द्रा इस स्वर के साथ टूटी। अब तक मूक दर्शक बनी पुरु की नवविवाहिता चित्रलेखा चीख़ के साथ कक्ष से परकोटे की ओर भागी थी। शर्मिष्ठा उसके पीछे दौड़ रही थी। जब तक वह चित्रलेखा को थाम पाती, चित्रलेखा परकोटे से कूद गयी थी।

नीचे उसका स्थिर जीवनहीन शरीर पड़ा हुआ था।

उसके हृदय का भय उसके समक्ष ताण्डव कर रहा था। एक ही दिवस में पुत्र और पुत्रवधू दोनों छिन गये थे। वह दोनों को ही बचा पाने में विफल रही थी।

पुरुषों का यह हस्तिनापुर कोमलमना स्त्रियों के योग्य नहीं। इसी हस्तिनापुर ने पहले उसका यौवन लिया और अब उसकी पुत्रवधू का जीवन। क्या संसार की कोई जगह इन पुरुषों ने स्त्रियों के लिए सुरक्षित रख छोड़ी है।

पिता महाराज वृषपर्वा बेटों के जीवन के लिए इतने उत्सुक थे कि उन्होंने एकमात्र पुत्री को घोर अपमान के नद में स्वयं धकेल दिया।

प्रेमी ययाति को अपनी सुरक्षा का इतना भय था कि जग को जीत लेने वाला वीर होने के पश्चात् भी उससे जग की दृष्टि में शर्मिष्ठा को अपना नहीं कहा गया। क्यों? क्योंकि जग के समक्ष शुक्राचार्य को दिया गया देवयानी के प्रति एकनिष्ठता का वचन भंग होता। उसकी आत्मा और शरीर पर अधिकार करने वाले उस वीर हेतु वचन की सुरक्षा उसके प्रेम की सुरक्षा से अधिक महत्त्वपूर्ण थी।

आज जिस पुरु को उसने अपना श्राप दिया, उस नवजात पुरु के जीवन की रक्षा कैसे होगी, यह भी नहीं सोचा था हस्तिनापुर के उस पितृवत नरेश ने।

आज उसे पुरु की माता के साथ कुछ वर्ष बिताने हैं। इन अठारह सालों में एक बार भी उसके पास जाने की चेष्टा क्यों नहीं की उस धृष्ट ने अथवा यह कि उसने शर्मिष्ठा से उसका देह प्राप्त कर लिया था, उद्देश्य उतना भर ही था!

और पुरु! पुरु तो उसका अपना बेटा था। उसे उसने अपना कोमल मन दिया था किन्तु अन्ततः था वह भी तो पुरुष ही न। जिसे अपने पुरुषवादी अहम् के समक्ष स्त्री का दुःख नगण्य दृष्टिगोचर होता है। उसने अपने पिता के समक्ष अपना औदार्य प्रस्तुत करने से पूर्व एक बार भी नहीं विचारा कि उसकी वह नवविवाहिता जो उसके विरह में अर्धमृत हो गयी थी, उसका जीवन कैसे व्यतीत होगा?

क्षमा करना पुत्री चित्रलेखा! तुम्हारी अपराधिनी मैं हूँ। मैंने ही तुम्हें पुरु के लिए चुना था। मुझे ज्ञात होना चाहिए था कि पुरु में आधा रक्त उस वंश का है जिसे अपने पुरुषोचित आडम्बर और धर्म के समक्ष अपना प्रेम भी धूमिल दृष्टिगोचर होता है।

'दिशा! मुझे वन लेकर कौन लौटा?

पुरु कहाँ है?'

नेत्र खुले तो सम्मुख दिशा थीं।

'देवी, आप उठने की चेष्टा मत कीजिये। राजवैध अभी औषधि देकर गये हैं। आप चार दिवस तक चेतना शून्य रही थीं।'

'किन्तु मैं कहाँ हूँ? और पुरु कहाँ है?'

'हम हस्तिनापुर में हैं महारानी। युवराज पुरु सकुशल हैं।'

'युवराज पुरु? क्या कह रही हो दिशा और मुझे महारानी कह कर क्यों सम्बोधित कर रही हो? महारानी देवयानी कहाँ हैं?'

'देवी आप शैय्या पर रहिये। मैं सब बताती हूँ। आप के हस्तिनापुर की ओर प्रस्थान करते ही मैं और कचदेव भी यहाँ के लिए प्रस्थान कर चुके थे।

आपकी चेतनाशून्यता की अवस्था में कचदेव यहाँ पधारे। उन्होंने गुरु शुक्राचार्य से प्राप्त विद्या की सहायता से युवराज पुरु के ऊपर से श्राप का कोप समाप्त कर दिया। अब महाराज अपनी वयस के अनुसार अपनी अवस्था में हैं और पुरु पूर्ववत हो गये हैं। कचदेव के आगमन की सूचना प्राप्त करते ही महारानी देवयानी यहाँ से गुरु शुक्राचार्य के आश्रम के लिए प्रस्थान कर गयी थीं।

एक शुभ सन्देश है!'

'क्या?' अनमनेपन से शर्मिष्ठा ने पूछा!

'महाराज ने महारानी देवयानी के सभी पुत्रों से छोटे होने के उपरान्त भी राजकुमार पुरु को युवराज घोषित किया है। दो दिनों के पश्चात् रंग उत्सव में हमारे पुरु हस्तिनापुर के नये महाराज घोषित होंगे।'

'चित्रलेखा कहाँ है दिशा!' शर्मिष्ठा के लिए अब कोई भी सन्देश शुभ सन्देश नहीं रह गया था।

प्रश्न सुनकर दिशा ने नेत्र झुका लिए थे।

'महाराज ययाति की... क्या हूँ मैं महाराज ययाति की? ब्याहता? हुह!'

हस्तिनापुर के राजप्रासाद को भली–भाँति जान लेना इतना आसान नहीं है। तीसेक साल गुज़ार देने के बाद भी अब भी कई ऐसे कक्ष हैं जिनके बारे में हर कोई नहीं जानता। ऐसे ही एक कक्ष में शर्मिष्ठा बैठी हुई हैं। पीत आभा वाले वस्त्र पहने हुए। गहने उतरे हुए हैं। सिन्दूर कभी भाल पर शोभित ही नहीं हुआ। एक आध चाँदी की धारी लिए हुए घने मेघवर्णी केश अनगढ़ से जूड़े के रूप में कन्धे पर ढलके हुए हैं। शर्मिष्ठा सर झुकाये बैठी हैं। प्रिय सखी दिशा दरवाज़े पर खड़ी हुई प्रतीक्षा में हैं कि शर्मिष्ठा अब कुछ कहेंगी, तब कुछ कहेंगी... कितने प्रहर बीत गये होंगे अब तक।

'महारानी। युवराज पुरु और महाराज आपकी प्रतीक्षा में होंगे।'

दिशा ने स्वयं पहल की...

'मुझे महारानी न कहो दिशा।'

'मगर महारानी...'

'फिर महारानी!' शर्मिष्ठा का स्वर थोड़ा तीक्ष्ण हो गया था।'

'देवी शर्मिष्ठा... युवराज पुरु के राज्याभिषेक का मुहूर्त होने ही वाला है। आपकी उपस्थिति अनिवार्य है। महाराज और युवराज आपकी राह देख रहे होंगे।'

दिशा ने शर्मिष्ठा के स्वर की तीक्ष्णता को भाँपते हुए अपना सम्बोधन सुधार लिया। अन्तिम बार उसने इन स्वरों की कठोरता तब सुनी थी, जब वन में वह लम्पट साधू न जाने कहाँ से शर्मिष्ठा की रसोई में घुस आया था और ताखे पर रखे वस्त्रों को सूँघ रहा था। शर्मिष्ठा के नेत्र जैसे जल रहे हों। उसने एक ही बार तो उस साधू से निकल जाने को कहा था, पर उन स्वरों में इतना गर्जन था कि दूर पहाड़ के हिम–शिखर में भी दरार निकल आये होंगे।

'और चित्रलेखा? वह कहाँ है? उसे कहाँ स्थान दिया है तुम्हारे महाराज और युवराज ने?'

शर्मिष्ठा ने चेहरा ऊपर उठाया। स्वर भले ही तीक्ष्ण हो, नेत्र जल नहीं रहे थे, वरन् जल–मग्न थे, जैसे सालों की पीड़ा ने द्रव रूप में आँखों में जगह पाने की कोशिश की हो।

'देवी, स्वर्गीय राजकुमारी का अस्थि–कलश कल ही गंगा में विसर्जित कर आये युवराज। उनकी अन्त्येष्टि की सारी विधि सम्पन्न हो चुकी है। पुरोहितों से मन्त्रणा कर ली गयी है। अब कोई भी शुभ–कार्य किया जा सकता है।'

'पुरोहित... मन्त्रणा... जाने यह आडम्बर समाप्त कब होगा? देवयानी का कोई सन्देश?'

'उन्होंने राजमाता के नाम शुभकामना सन्देश भिजवाया है।'

'राजमाता...'

शर्मिष्ठा ने दुहराया।

'दिशा मैं चित्रलेखा की माता नहीं बन पायी। पुरु की इस माँ ने चित्रलेखा की माँ को धोखा दिया है।'

'तुम जानती हो न कि कितनी प्रिय थी वह लड़की मुझे। पुरु की पहली मित्र।'

राज्याभिषेक हो चुका है। पुरु अब हस्तिनापुर के नये महाराज हैं। सुनहले केश वाली चित्रलेखा की अन्तयेष्टि राज्याभिषेक में हुए हवन के साथ ही हो गयी थी। पुत्र–पुत्रवधू की सुखी गृहस्थी–शर्मिष्ठा का एक और स्वप्न क्षार हो चुका था।

'देवी, महाराज ययाति पधारे हैं। आपसे भेंट की इच्छा व्यक्त कर रहे हैं।'

दिशा शर्मिष्ठा से महाराज के आगमन की अनुमति लेने आयी थी।

'अठारह वर्षों के उपरान्त ययाति उसी कक्ष में होंगे... किन्तु समय ने परिस्थितियों को कितना बदल दिया है। वर्षों पूर्व इस कक्ष में उनके आगमन की प्रतीक्षा होती थी। आज उनके हृदय में रोष उत्पन्न हो रहा है।'

'कैसी हैं महारानी?'

'किसकी महारानी महाराज?'

'मेरी!'

'क्षमा महाराज, मैं आपकी ब्याहता नहीं हूँ। मैं केवल आपके पुत्र की माता हूँ। आपकी महारानी मात्र देवयानी हैं।'

'आह शर्मिष्ठा! कब तक रुष्ट रहोगी? अब तो देवयानी भी चली गयी... आओ न मेरे अंक में। इतने वर्षों से तुम्हारी प्रतीक्षा में हूँ।'

'क्षमा महाराज! आप अपनी प्रेयसी की प्रतीक्षा में हैं। मैं आपकी प्रेयसी नहीं। मैं वह माता हूँ जिसकी पुत्री ने उसके नेत्रों के सम्मुख अपने प्राण त्यागे हैं।'

'चित्रलेखा की मृत्यु का दुःख मुझे भी है शर्मिष्ठा! मैं यह नहीं चाहता था।'

'किन्तु महाराज, आपने और आपके पुत्र ने उसके सम्मुख जीवन का कोई मार्ग भी तो नहीं रखा था...'

‘शर्मिष्ठा, कब तक स्वयं को इस प्रकार उद्वेलित रखोगी? अब तुम्हारे सुख के दिन हैं, जिन्हें हमें साथ व्यतीत करना है।’

‘महाराज मेरा जी घुट रहा है इस राजप्रासाद में! मैं अब वनवासिनी हो गयी हूँ। मुझे आज्ञा दीजिए। मैं अपने वानप्रस्थ में लौटना चाहती हूँ।’

‘मैंने तुम्हारा पाणिग्रहण किया है। चन्द्र को साक्षी रखकर वचन दिया है कि तुम्हारा साथी रहूँगा। मैंने अपने अठारह बहुमूल्य वर्ष खो दिये हैं। मैं भी तुम्हारे साथ वानप्रस्थ में चलना चाहता हूँ। मैं ऋषिवत धर्म निभाने का वचन देता हूँ।’

'आह!'

'क्या हुआ शर्मिष्ठा?'

'प्रतीत होता है कोई नुकीला प्रस्तर है!'

अब मार्ग में कोई प्रस्तर नहीं है शर्मिष्ठा... मुझे ज्ञात नहीं था कि तुम्हारे प्रेम में, तुम्हारे समीप आने की इच्छा में, दो दशक पूर्व देवयानी के कक्ष के बाहर रखा गया वह छोटा–सा प्रस्तर तुम्हें जीवनपर्यन्त यूँ कष्ट देता रहेगा!

सद्यः चोटिल हुए पाँवों पर आँचल का छोर बाँध आगे बढ़ती हुई शर्मिष्ठा ने पलटकर ययाति को देखा था और फिर आगे बढ़ गयी थी।

# पात्र परिचय

**सोम वंश** : सोम वंश अथवा चन्द्र वंश क्षत्रियों के दो प्रारम्भिक वंशों में से एक है। इसमें पुरुरवा, नहुष, ययाति एवं पुरु द्वितीय जैसे महान राजा हुए। मिथकीय धारा के अनुसार इस वंश का शासन मुख्यतः हस्तिनापुर (आज की दिल्ली) एवं आसपास के इलाक़ों में था। द्वापर युग में इस कुल के प्रतिनिधि पाण्डव एवं कौरव हुए।

**नहुष** : राजा पुरुरवा के बेटे आयु के महाकुशल पुत्र एवं देवताओं के मित्र, जिन्हें बृहस्पति ने इन्द्र के औचक विलुप्त हो जाने पर स्वर्ग का शासन सौंपा था। इन्द्र के विलुप्त होने का कारण उन पर वृत्तासुर के वध के पश्चात् लगा ब्रह्म हत्या का दोष था।

**इन्द्र** : स्वर्ग के अधिपति।

**शचि** : इन्द्र की पत्नी।

**बृहस्पति** : देवताओं के गुरु।

**यति** : नहुष के प्रथम पुत्र।

**ययाति** : नहुष के द्वितीय पुत्र, हस्तिनापुर के शासक, मिथकीय इतिहास के सबसे अधिक वांछित एवं अवांछित पुरुष जिनसे कई बार सहानुभूति होती है तो कई बार घृणा...कई बार वह केवल एक आम पुरुष की तरह प्रतीत होते हैं जिनकी कोमलता पितृसत्तात्मक समाज की निष्ठुरता के हाथों कई बार घायल हुई है तो कई बार वे स्वयं उस पितृसत्ता के पोषक की तरह दिखते हैं।

**शुक्राचार्य** : असुरों के गुरु।

**वृषपर्वा** : असुर कुल के क्षत्रिय अधिपति।

**अविघ्ना** : वृषपर्वा की धर्मपत्नी।

**शर्मिष्ठा** : वृषपर्वा की पुत्री, ययाति की प्रेमिका और 'शर्मिष्ठा'—स्व को अपने कन्धे पर लेकर चलने वाली अतीत की वह स्त्री, जिसने वर्तमान को भी दिशा दी है।

**देवयानी** : शुक्राचार्य की पुत्री, शर्मिष्ठा की बाल सखी, ययाति की पत्नी—जिसे अपनी महत्त्वाकांक्षा एवं अपने प्रेम, दोनों एक तुल्य प्रिय थे।

**दिशा** : शर्मिष्ठा की दूसरी बाल सखी एवं अरण्य में स्वयंसेवी परिचारिका।

**कच** : शर्मिष्ठा, देवयानी और ययाति के प्रेम त्रिकोण का ज़रूरी चौथा कोण जिनकी उपस्थिति ने भविष्य की कई घटनाओं को प्रभावित किया। शर्मिष्ठा के प्रति भातृवत नेह रखने वाले कच बृहस्पति के पुत्र थे जिन पर हमेशा पिता सम योग्य सिद्ध होने का दबाव रहा। वे देवयानी के प्रारम्भिक और सम्भवतः एकमात्र प्रेम रहे।

**पुरु द्वितीय** : शर्मिष्ठा एवं ययाति का एकमात्र पुत्र।

**चित्रलेखा** : पुरु की प्रेमिका एवं दुर्भाग्यशाली सद्यःविवाहिता।

**उत्तानपाद** : ययाति के मित्र, राजकीय सहाय एवं विश्वस्त।

□□